# CARTOMANTE

**Série Paixão folia - Abre alas**

MISHA ANDERSON & BELLA TORRES

2020

# COPYRIGHT © 2020 MISHA ANDERSON & BELLA TORRES

**Capa:** MK Capas (Mia Klein)

**Revisão Final:** Sabryne Cunha de Matos

**Diagramação:** Denilia Carneiro

## 1ª Edição

Esta é uma obra de ficção. Nomes, personagens, lugares e acontecimentos descritos são produtos da imaginação da autora. Qualquer semelhança com nomes, datas e acontecimentos reais é mera coincidência.

Esta obra segue as regras da Nova Ortografia da Língua Portuguesa.

**Todos os direitos reservados.**

São proibidos o armazenamento e / ou a reprodução de qualquer parte dessa obra, através de quaisquer meios — tangível ou intangível — sem o consentimento escrito da autora.

A violação dos direitos autorais é crime estabelecido na lei nº. 9.610/98 e punido pelo artigo 184 do Código Penal.

# SUMÁRIO

# SINOPSE

Javier Rodriguez é um homem dedicado exclusivamente a sua profissão, seus relacionamentos amorosos se limitam a alguns momentos de prazer e nada mais.

Maria da Anunciação se entregou desde cedo ao casamento e aos tabus religiosos de corpo e alma.

Em meio a confetes, serpentinas e a excitante folia do carnaval de Salvador, será que é possível um amor nascer? Sobreviver além da quarta feira de cinzas?

# CANÇÕES SUGERIDAS DE

# "CARTOMANTE – ABRE ALAS"

1-      Cartomante (Elis Regina) – Ivan Lins

2-      Máscara negra – Zé Ketti

3-      Tal vez – Omara Portuondo e Maria Bethania

4-      O Amanhã – Samba enredo União da Ilha do Governador" –

João Sérgio e Didi

5-      Anunciação - Alceu Valença

6-      Chuva, suor e cerveja – Caetano Veloso.

7-      We are carnaval – Ivete Sangalo

8-      Deixa, deixa – Leci Brandão.

9-      La vida es un carnaval – Celia Cruz

10-     Chan Chan – Buena Vista Social Club

11-     La puerta – Nana Caymmi

12-     Mimar você – Timbalada

13-     Te agradezco pero no – Alejandro Sanz

# CAPÍTULO 1



## JAVIER RODRIGUEZ

O barulho das buzinas dos carros ao redor serviu de estopim para eu entrar em colapso. Deixei escapar uma gargalhada histérica e tentei contar mentalmente até dez, mas minha falsa calma tibetana me deu adeus no número oito, então abri a janela e botei a cabeça para fora esbravejando com o motorista da pick-up que fungava como um touro bravo no para-choque do meu carro.

— *Hijo de puta*, por que *usted* não passa por cima? *Diablo*. - Gesticulei colérico levantando o dedo médio em riste, uma atitude surpreendente, inesperada por minha esposa, Maria, dada a minha personalidade sempre contida e educada.

— Javier, se acalme, sou eu que estou parindo, homem! - Maria ralhou fitando-me através do retrovisor, entre uma respiração "cachorrinho" e outra, levando a mão ao baixo ventre no instante em que se contorcia por causa de mais uma contração.

Sou um jovem médico, 29 anos, mas, apesar de jovem, tenho bastante experiência em emergências, porém não estava pronto para viver um momento desses. Levantei o queixo e os meus olhos se encontraram com os de minha amada, aflito a observei pelo vidro frio, virei o punho para avaliar os minutos que corriam no relógio e confirmei, angustiado, que o espaço de tempo entre uma contração e outra estavam encurtando cada vez mais. Um pigarro insistente me provocou uma tosse, e, sem que pudesse me conter, deixei escapar em voz alta o que acabei de pensar, balançando a cabeça em negativa.

— Isso não é nada bom.

As ruas no entorno do Largo do Campo Grande, bairro onde moramos, estão completamente engarrafadas, como poderemos chegar à maternidade antes do bebê nascer? Um grupo de homens travestidos, eufóricos e barulhentos, passou cantando em meio ao trânsito caótico com pistolas de água em punho, me fazendo pensar por breves instantes: Já não bastava a minha Maria entrar em trabalho de parto antes do previsto, ainda tinha que ser em plena noite de sábado de carnaval? O destino só podia estar sacaneando comigo.

Um gemido agoniado de Maria me tirou do meu "pequeno transe", me trazendo de volta para minha louca realidade, e o meu coração se espremeu no peito, quando Maria resmungou com todas as letras o que eu já imaginava.

— Não vai dar pra esperar, o bebê está nascendo, você vai ter que fazer o parto.

— Não, eu não posso... - arregalei os olhos e neguei rapidamente com a voz esganiçada.

— Claro que pode, se tem uma pessoa capaz de fazer o parto, esse alguém é você, meu amor. - Maria disse baixinho, em um sibilo agoniado.

— Mas é diferente, você é minha...

Maria retorceu o corpo no banco traseiro, com o rosto transformado pela dor, tal qual a garotinha do filme "O exorcista", prestes a vomitar gosma verde por todo o canto e me interromper com os olhos esbugalhados, estirando a boca espumante em uma linha rígida, os dentes cravados nos lábios para suportar seu martírio.

— Sou sua esposa e você é a porra de um médico, Javier, um pediatra, dos melhores, respire fundo e se acalme, você consegue.

Esperei o trânsito desengarrafar um pouco e estacionei o carro no acostamento, murmurando baixinho como se entoasse um mantra:

— Eu consigo, eu sou um médico, eu consigo, eu sou um médico! Estou mais do que acostumado a fazer partos, isso pra mim é mamão com *azúcar* - Disse num portunhol meia-boca, assim como minha determinação — É claro que eu consigo, porraaaa! - Larguei o volante e saí com os passos firmes, mas assim que abri a porta traseira e me sentei ao lado de Maria, e o seu sexo inchado se abriu como uma flor despetalada, a minha segurança se esvaiu como um fio d'água.

Quando foi que Maria desceu a calcinha pelos joelhos sem que eu percebesse, e essa penugem de pelos escuros entre as suas coxas? Não é possível que seja... Claro que é o bebê coroando, Deus, de jeito nenhum daria tempo.

— Eu não consigo, eu não... – o mantra entoado se transformou rapidamente em uma negativa veemente.

Maria passou a mão na testa, tirando os fios longos dos seus cabelos da cor de trigo grudados no rosto.

— Shh, olhe para mim meu amor, eu confio em você, Javier. – Ela sussurrou e segurou firme a minha mão com força, me dando uma injeção de ânimo e coragem.

— Obrigado, nós vamos conseguir, juntos, eu vou te ajudar a trazer o nosso bebê ao mundo.

— "Força", "Estamos quase lá, amor, só mais um pouco..."

Os minutos passaram em disparada, até que, após um instante breve e mágico, terminei de puxar o pequeno corpo ensebado, dei um tapa no bumbum do meu bebê grande e robusto, e, a todos os pulmões, o fruto do meu amor por Maria chorou anunciando ao mundo que acabara de chegar.

— A nossa filha nasceu meu amor, linda e saudável, não há palavras que eu possa expressar a felicidade, a emoção que eu sinto agora em ter a minha pequena nos meus braços, obrigado amor, pelo presente mais lindo que eu poderia ganhar em minha vida. – Sequei as lágrimas teimosas que caíam em cascata dos meus olhos, depositei com cuidado o bebê ainda sujo nos braços exaustos da mulher de minha vida, e disse, com o rosto lavado de lágrimas. — Nosso presente, a nossa Rosa, seja bem-vinda, filha. É difícil acreditar que chegamos até aqui, em pensar como nossa história aconteceu, eu nunca poderia imaginar que encontraria o grande amor da minha vida em uma noite de carnaval.

1-  Hijo de puta – Filho da puta, no idioma espanhol.

2-  Usted – Pronome "você", no idioma espanhol.

3-  Diablo – Diabo, no idioma espanhol.

4-  Azúcar – açúcar, no idioma espanhol/ grito de guerra utilizado pela musa da salsa, Celia Cruz, ao iniciar seus shows.

# CAPÍTULO 2

*"... A cigana leu o meu destino*

*Eu sonhei!*

*Bola de cristal*

*Jogo de búzios, cartomante*

*E eu sempre perguntei*

*O que será o amanhã?*

*Como vai ser o meu destino?*

*Já desfolhei o mal-me-quer*

*Primeiro amor de um menino... "*

(Trecho de "O Amanhã – Samba enredo União da Ilha do
Governador" – João Sérgio e Didi)

**JAVIER**

# Cerca de um ano atrás

O corpo frio da menina a minha frente confirmava que a *RCP*[4] aplicada não estava surtindo efeito.

— Preparem a *epinefrina*.

— Doutor, eu acho que não tem mais jeito, é melhor... – o enfermeiro robusto de aproximadamente uns cinquenta anos, experiente, olhou a pequena criança com o ar pesaroso, discordando da minha decisão de prolongar inutilmente as massagens cardíacas.

— O melhor é você colocar esses braços fortes para exercitar e continuar com as massagens e a ventilação, enquanto eu preparo o *DEA.*

Ao mesmo tempo em que Antônio mantinha as compressões cardíacas, eu preparava o desfibrilador, e assim que o DEA estava calibrado, ordenei com a voz trêmula, sem conseguir esconder a esperança de trazer a minha pequenina paciente de volta à vida.

— Se afastem, um, dois, três.

Choque!

E o calafrio inquietante da morte continuava a pairar na sala de cirurgia. Mordi os lábios com raiva e balbuciei irritado para a visitante soturna que insistia em carregar a minha paciente.

— Hoje não, essa noite você vai perder. Equipe, eu vou calibrar o DEA com uma carga mais forte, se afastem.

Dei mais uma carga intensa de choque na área cardíaca da paciente, as costas da menina arquearam em um arco estranho, o corpo frágil caindo de volta na cama, entretanto, o bip e os traços do monitor indicaram que os batimentos cardíacos da criança lentamente retornaram, fazendo com que eu soltasse junto com a garotinha um suspiro aliviado.

— Separem a atropina, vamos usar se for necessário.

Fiz sinal para a enfermeira se aproximar e comecei a trabalhar no restabelecimento do quadro geral da paciente.

— Leda, me auxilie na intubação, vamos mantê-la estável, a pior fase já passou.

Aos poucos os sinais vitais da criança estabilizaram, e antes que eu deixasse a sala, Antônio me segurou pelo braço, admitindo com a cabeça baixa.

— Que bom que o senhor não desistiu, eu pensei que perderíamos essa paciente.

— Eu também Antônio, pensei igual a você, mas eu sou meio teimoso, sei que é um dos meus maiores defeitos, não tenho costume de desistir dos meus pequenos muito facilmente. Agora me dá licença que eu vou tranquilizar a *madre* desta *niña.*

Saí da sala de ressuscitação cardiorrespiratória e sequei a testa suada observando o cenário a minha frente, a emergência do Hospital Geral mais parecia um campo de batalha, pacientes fraturados, enfartando, baleados, parindo, surgiam de cada canto, nada diferente do que acontecia em minha saudosa Havana-Cuba. Apesar do oceano que dividia um país do outro, tudo era tão semelhante, a miséria tinha o mesmo rosto encovado e carcomido, os mesmos olhos de desesperança, lá e aqui.

Os corpos doentes e feridos se amontoavam pelos corredores, misturados ao cheiro de desinfetante rançoso que era esfregado no chão. Naquele local, médicos e enfermeiros se desdobravam para salvar o máximo de vidas possível, mas nem sempre tinham sucesso...

Entretanto, naquela noite, na sala de parada, no embate com a morte, a vida tinha por fim saído vencedora.

Fui contratado pelo programa "Mais médicos", projeto em que um grande número de médicos estrangeiros, principalmente cubanos, foram locados no Brasil, eu ainda não tinha me acostumado à rotina extenuante de um hospital de grande porte, pois havia sido transferido recentemente de um pequeno Pronto Socorro da cidade de Santo Antônio de Jesus para o Hospital Geral, uma grande unidade de saúde pública de Salvador.

Andei lentamente pelos corredores apertados de macas e cadeiras de rodas até conseguir chegar à recepção, onde os familiares da pequena Dara esperavam aflitos por notícias. O homem branco de uns quarenta e poucos anos, vestindo jeans e camisa social preta, cabelos levemente grisalhos penteados para trás à perfeição, sem um fio fora do lugar, apertou forte a mão da morena baixa e robusta ao seu lado e se aproximaram de mim, me observando com os olhares angustiados.

Respirei fundo, o meu íntimo feliz por manter o meu lema de que: "No meu plantão, não há perdas", e sorri sutilmente para o casal a minha frente, dizendo satisfeito.

— Eu sou o Dr. Javier Ramirez, o pediatra que atendeu a Dara. A filha de vocês terá que permanecer por enquanto na UTI, para observarmos melhor o seu quadro, mas se ela se mantiver como está, amanhã ou no máximo depois de amanhã, já vai ser removida para um leito e, assim que fizermos alguns exames para comprovar que ela não teve sequelas, logo receberá alta e poderá voltar para casa. O choque que ela tomou foi muito forte, causando duas paradas cardíacas, mas conseguimos reverter, e no momento a Dara se encontra estável.

A mulher abraçou o marido, emocionada, com os olhos rasos d'água.

— A nossa Dara renasceu hoje, Armando, hoje todo o nosso povo está em festa.

Observei as vestes ciganas exóticas da mulher a minha frente, um vestido vinho longo com babados largos na bainha, adornado com fitas de cetim e brocados, e lhe dei um sorriso tímido quando ela se aproximou ainda mais e segurou o meu braço, ficando cara a cara comigo, os seus olhos me analisando profundamente, como se pudesse de alguma forma desnudar a minha alma devastada.

— O senhor tem uma tristeza que tenta esconder, é um homem tão formoso, mas precisa deixar o passado descansar onde ele deve estar.

Desviei os olhos castanho-claros da escuridão do olhar incisivo da pequena mulher a minha frente e, sem que pudesse evitar, voltei vinte anos, no momento exato que *abuela*[8] Rosa, a minha velha avó que me criara como filho desde que nasci e fora rejeitado pela minha mãe, soltou a minha mão, embaixo dos escombros da casa que soterrava o seu frágil corpo e fechou os olhos para nunca mais abri-los. Naquela tragédia que despedaçou o meu coração sem chances de remendo, perdi a avó, a amiga, o conforto de mãe e fui entregue aos tios, que terminaram de me educar com toda abastança, mas sem o amor que só encontrara nos braços velhos de minha Rosita. Despertei do passado no instante em que a mãe de Dara estendeu a mão para mim me olhando fixamente.

— Eu me chamo Glória, me dê a sua mão, Dr. Javier. – Disse a mulher em um tom enfático.

Não consegui esconder o sorriso irônico e perguntei fechando o cenho com o ar descrente.

— A senhora vai ler o meu futuro? Não perca seu tempo, eu não acredito nessas coisas.

Glória me devolveu o sorriso, levantando sutilmente a sobrancelha direita.

— Eu também, por um momento, não acreditei que teria a minha Dara viva novamente nos meus braços e veja o senhor o que aconteceu, o destino quis assim. Eu vejo que desde a grande perda que você sofreu, a sua fé e esperança adormeceram, mas pense assim, vamos dizer que essa é a forma que eu tenho de agradecer ao senhor todo seu esforço em trazer minha filha de volta, por favor, não me faça essa desfeita.

Como ela sabia da tragédia que me abateu há tantos anos? Pensei que ela podia estar blefando, foi um acaso... Os olhos negros de Glória cravaram em meus olhos e nós travamos uma contenda silenciosa de quem cederia, até que eu suspirei fundo e dei um passo em direção à cigana.

— Tudo bem então. – Dei de ombros e estendi lentamente a mão a Glória, com o olhar nitidamente reticente.

Glória segurou a minha mão direita suavemente e a observei com calma, em silêncio, alternando logo após em analisar com cuidado também a minha mão esquerda. Por fim, ela torceu os lábios num prenunciar de um sorriso e sentenciou depois com o ar sério.

— Essa terra vai te trazer muitas alegrias, você fez muito bem em ter vindo para cá e deixado aquele rastro de lembranças tristes para trás, a mulher da sua vida está muito mais perto do que você imagina e quando o amor lhe estender a mão, segure firme e não solte, você ainda vai ser muito feliz, doutor, confie! É o que o seu destino anuncia...

4    RCP – Reanimação cardiopulmonar

5    Epinefrina – Hormônio capaz de preparar o organismo para a realização de grandes feitos e esforços físicos, estimulando o coração, elevando a tensão arterial, medicação usada em reanimação cardiopulmonar.

6    DEA – Aparelho eletrônico portátil que, além de diagnosticar as arritmias cardíacas de fibrilação ventricular e taquicardia ventricular em um paciente, é capaz de tratá-las, através da desfibrilação, uma aplicação de corrente elétrica que para a arritmia, fazendo com que o coração retome o ciclo cardíaco normal.

7    Madre – mãe, no idioma espanhol.

8    Niña – Menina, no idioma espanhol.

9   Abuela – Avó, no idioma espanhol.

# CAPÍTULO 3

> *"Na bruma leve das paixões*
>
> *Que vêm de dentro*
>
> *Tu vens chegando*
>
> *Pra brincar no meu quintal*
>
> *No teu cavalo*
>
> *Peito nu, cabelo ao vento*
>
> *E o sol quarando*
>
> *Nossas roupas no varal*
>
> *Tu vens, tu vens*
>
> *Eu já escuto os teus sinais...".*

(Trecho de "Anunciação", música de Alceu Valença).

## MARIA DA ANUNCIAÇÃO

— Em vez de ficar inventando um monte de taxas para nós pagarmos, como essa nova pintura desnecessária da portaria, o senhor deveria observar melhor os maus costumes dos moradores do nosso prédio, esse novo morador do 305, por exemplo, a rotatividade de mulheres que fazem visitas noturnas a esse homem é uma vergonha. Só nesta semana já foram duas, e a música latina que ele escuta quando recebe essas tais "visitinhas"? Nem precisa ver pra saber o que eles fazem ouvindo aquela música, é um som carregado de devassidão, luxúria, e precisa ser sempre assim tão alto?

— Devem ser amigas dele, Dona Anunciação, mas eu prometo que vou verificar e conversar com ele.

— Pois faça isso, eu não gostaria de expor a intimidade de um vizinho na reunião de condomínio, mas essa pouca vergonha está demais, afinal isso é ou não é um prédio decente, de família?

— Claro que sim, eu vou resolver isso. E quanto à mensalidade do condomínio que está atrasada há três meses e o seu esposo ficou de pagar, quando vocês vão quitar?

Empalideci assim que ouvi a cobrança nada sutil da uva passa murcha do Sr. Miguel, o síndico do prédio, alguma coisa estava errada nisso, como assim, Paulo estava devendo o condomínio há três meses e não falou nada comigo? Por que ele não pagou o condomínio, se conforme o combinado eu tinha lhe entregado o dinheiro, conseguido às duras penas, com quase meu salário inteiro de manicure?

— Eu vou ligar para Paulo ainda hoje, ele viajou pela manhã para o Espírito Santo.

— Nossa, ele vai viajar justamente no carnaval? – Seu Miguel me olhou de soslaio, com o ar maledicente.

*Homem infeliz, como pode ser tão venenoso? O que ele quis dizer com essa observação descabida, só pode estar querendo semear a discórdia e a dúvida em meu casamento, assim como fez a maldita serpente no paraíso.*

— Não entendi a sua insinuação Seu Miguel, meu marido é representante comercial, campeão de vendas na firma onde ele trabalha, para fechar contratos não tem data certa, pode ser qualquer dia, carnaval, natal, ano novo, toda época é um bom momento para quem é um profissional correto.

— Não quis insinuar nada, a senhora entendeu mal...

— Ok, tenha uma boa noite então, dê lembranças a sua esposa, há alguns dias que eu não a vejo.

O sorriso se desvaneceu no rosto de Seu Miguel, será que ele ainda acha que todos do prédio não sabiam que Dona Tereza o abandonou por Tomaz, o faz tudo do prédio?

— Sim, eu vou dar as suas lembranças à minha Tereza, com licença.

Subi o elevador pensando cá com os seus botões: o que faz uma mulher casada, com a vida familiar estável, segura, se jogar de cabeça em uma relação passageira assim tão fundo? Quanto tempo dura um relacionamento meteórico desse tipo, cujo alicerce é o prazer da carne, uma aventura de uma noite, no máximo um mês? Vale a pena arriscar tanto por alguns momentos de sexo insano e suado? Vixe, isso só pode ser obra do capiroto ou um espírito zombeteiro, que incitou uma mulher tão decente quanto Dona Tereza, já na casa dos quarenta anos, largar o marido pra fugir com o eletricista do prédio, um homem quase dez anos mais novo que ela.

Os números no luminoso do painel do elevador avançam lentamente, até que um bipe discreto informou que tinha chegado ao segundo andar, segui pelo corredor estreito balançando a chave e fechei a porta do meu pequeno apartamento distraída, ainda intrigada com a fuga surreal de Dona Tereza e o maldito pagamento do condomínio, avançando com os passos lentos até o banheiro. Um banho faria eu me sentir bem, a sensação da água acalentando a pele... Há quantos meses não recebia um toque suave, uma carícia? O que estava errado em seu casamento? Será que os dois quilos conquistados pela sua fraqueza por brigadeiro de panela a deixara tão disforme ao ponto de se tornar repulsiva aos olhos de Paulo? Vasculhei o armário e peguei um creme para cabelos cacheados, talvez uma boa hidratação capilar surtisse algum efeito no seu visual, era isso que precisava... receber Paulo mais arrumada, sensual, seu esposo tinha que entender que todo esse pecado só existia em sua cabeça, fruto de sua educação austera e excessivamente religiosa, eles eram casados, ainda jovens e se amavam, ora bolas, nada melhor que tivessem uma vida sexual mais intensa, saudável. Lá se foram as sandálias rasteiras, o vestido longo de meia manga, a combinação cor de carne e por fim deixei cair no chão imaculadamente branco do banheiro, o meu conjunto bege de lingerie, modesto e discreto, assim como a mulher que eu havia me transformado. Tirei o prendedor dos cabelos loiro-escuros, uma massa uniforme de cachos caiu pelas minhas costas e, constrangida, observei a minha imagem refletida no espelho amplo. Os meus seios poderiam ser menores, assim como o arredondado dos quadris, maldito brigadeiro, foi todo para as minhas ancas, a gula não era de Deus, mas sem sexo, só o chocolate aplacava os seus nervos em frangalhos. Virei de costas e olhei por cima dos ombros, analisando a fartura de minhas nádegas, mesmo distante da glória dos meus vinte anos, era uma balzaquiana de trinta anos com o bumbum redondinho, empinado, e as coxas conservavam uma tonicidade de causar inveja a muita garotinha, grossas e firmes. Contudo, o meu ventre alvo, maculado por algumas estrias, fruto de duas gestações interrompidas, estragavam a beleza de meu corpo. Levei a mão à barriga, me lembrando de meus dois bebês prematuros, que não tive a chance de carregar em meus braços, e meus olhos rapidamente se encheram de lágrimas. Oh senhor! Como sonhava em ser mãe, acalentar o meu filho em meu colo, dar de mamar, até as noites mal dormidas e a troca de fraldas cheias de cocô para mim seriam um sonho realizado, por que o meu útero não conseguiu manter os meus bebês, que tipo de maldição pairava em minha vida que não conseguia ser feliz? Me casei aos dezoito anos com Paulo, meu melhor amigo da escola secundária, ainda tão jovem, apaixonada, cheia de sonhos, não conseguia enxergar onde eles tinham se perdido no caminho, em que ponto da estrada as suas mãos entrelaçadas se soltaram... Sequei o rastro úmido das lágrimas gordas que insistiam em rolar no meu rosto e suspirei fundo, verificando a temperatura da água e entrando no chuveiro em seguida. No rádio tocavam os louvores que eu adorava ouvir, lavei os cabelos com calma, acompanhando o meu cantor preferido, mas o toque insistente da campainha me fez me esborrachar da minha nuvem de paz e sossego. Uma, duas, três, cinco vezes, inferno de campainha, me censurei por blasfemar e gritei alto para que o infeliz que grudou o dedo no botão desse uma trégua aos meus ouvidos.

— Só um minuto, eu já estou indo.

Graças a Deus o berro da campainha silenciou, certamente deviam ser os pestinhas dos filhos de Dona Sandra do apto 402 que não tinham o que fazer e estavam brindando a vizinhança com mais um dos seus trotes. Cobri a minha nudez com uma lingerie branca simples de algodão, terminei de me vestir colocando um vestido amarelo florido que evidenciava o tom de trigo dos meus cabelos e, tão logo acabei de coar um café para o lanche do final da tarde, a campainha voltou a dar sinal de vida novamente.

— Inferno, eu não posso ter só um pouquinho de paz! Perdão senhor, o que deu em mim hoje pra blasfemar tanto?

Não daria tempo de colocar as sapatilhas, era melhor ver logo quem era o meu visitante insistente, antes que o miserável colocasse o meu apartamento abaixo com a sinfonia irritante da campainha. Abri a porta de supetão e dei de cara com... Seu Miguel? O que é que esse chato de galocha queria dessa vez? O sujeito balançou um envelope pequeno pardo dando um muxoxo, com uma cara feia de quem tinha chupado uma saca carregada de limões azedos.

— Até que enfim a senhora abriu a porta, eu preciso voltar para a portaria, ainda não encontrei um porteiro que preste, então além de síndico, estou tendo que quebrar o galho, mas eu tiro de letra, nada demais para um homem competente como eu.

*Só se for competente em tomar chifres...*

— E o que é de tão importante, mais dívidas, esse governo quer levar todos nós, cidadãos de bem, para o manicômio, com tantas contas, taxas e impostos a pagar?

— Pelo tipo de envelope não me parece ser conta, Dona Anunciação, acho que é uma carta ou bilhete, se a senhora quiser eu posso ver...

Seu Miguel virou o envelope, apertando-o e olhando de um lado a outro, sujeitinho bisbilhoteiro.

— Se eu sou a destinatária, então pode me entregar.

*E o Oscar de "Fofoqueiro e corno do ano vai para... Seu Miguel, o síndico!"*

Antes de minha privacidade ir para as cucuias, o interrompi arrancando com muito custo o envelope de suas mãos.

— Mas não tem destinatário, como o senhor sabe que é pra mim?

Observei olhando o envelope totalmente em branco.

— Um moleque entregou na portaria e disse que era para entregar para Maria da Anunciação, só tem a senhora com esse nome nesse prédio.

— Que eu saiba sim.

Seu Miguel olhou fixamente para o envelope e um silêncio constrangedor pairou no corredor. Afinal, o que ele ainda estava esperando, plantado feito um dois de paus na porta, fazendo sinal para o envelope com a cabeça?

— Pode abrir! Se quiser eu vejo para a senhora do que se trata.

— Claro que não, deixe de ser mexeriqueiro, sujeito, o senhor não tem vergonha?

Antes de bater a porta na cara de Seu Miguel, eu ainda o ouvi balbuciar com o sotaque interiorano carregado.

— Mexeriqueiro, eu? Só queria ajudar, eita, mulher braba da zorra.

Olhei o envelope mais uma vez, sem remetente ou destinatário, que coisa mais estranha, sacudi o invólucro e percebi que tinha algo dentro, o que seria? Rasguei o envelope com cuidado e retirei um pequeno bilhete e uma chave, isso tudo estava tão esquisito, nunca recebera uma carta anônima. Segurei a chave analisando-a e abri a folha de papel branquíssimo, perdendo as forças nas pernas assim que li na primeira linha:

## *"ANUNCIAÇÃO, O SEU MARIDO ESTÁ TE TRAINDO..."*

Caminhei tateando a parede até conseguir me jogar no sofá, a última palavra da primeira linha do bilhete martelando a minha cabeça como um eco numa gruta.

Traindo, traindo, traindo...

Como isso era possível? Paulo jamais seria capaz de fazer um absurdo desses, era um homem temente a Deus, digno, correto, não, isso só poderia ser uma mentira de alguma invejosa do prédio que queria semear a discórdia no seu lar. Suspirei fundo e continuei a ler o restante do bilhete escrito com a letra bem desenhada.

*"Como eu sei o quanto é teimosa, antes que você pense que o que estou te dizendo é uma mentira, só te peço que tome coragem e vá até a Igreja que você frequenta, mas preste atenção em um detalhe: entre pelos fundos e não deixe que ninguém te veja".*

*"Esta é a chave da porta dos fundos do Templo, você é uma mulher temente a Deus, merece saber toda a verdade".*

A verdade... Eu mereço a verdade, mas que "misera" de verdade é essa? Tudo que eu sei é que meu marido está viajando a trabalho nesse carnaval. Se bem que no ano novo ele também estava na estrada, mas poxa, eu entendo que de uns tempos para cá ele tem trabalhado demais, viajado muito e quando chega normalmente está cansado. A nossa vida íntima está meio ruim das pernas, meio caída, pra ser sincera, caída é... Assim que sussurrou a palavra "caída", imediatamente a sua mente é tomada pela imagem do sexo flácido do marido na última tentativa frustrada de fazerem amor. Que lástima! Mais deprimente que música de puteiro! Vixe, onde eu estou com a cabeça em pensar num lugar desses, a filial do inferno. O sexo está sofrível, mas isso não quer dizer que ele está jogando na lama os nossos votos matrimoniais, ou será que o motivo da vida sexual deles ter descido ladeira abaixo é outra mulher?

O bilhete pesou em minhas mãos como um corpo inerte, um cadáver indesejável que não se sabe onde desovar. Eu vivia neste instante um dilema por demais difícil de resolver, ir ou não à Igreja? Se fosse lá estaria pondo em xeque a palavra de meu marido e isso fragilizaria os pilares de confiança do meu casamento, mas e se ignorasse o bilhete, como poderia ter certeza de que tudo que leu não era a mais pura verdade?

Bati a porta do táxi pensando nas alternativas mais prováveis... Aquela moreninha, a obreira recém-chegada não lhe enganava, por diversas vezes a flagrou cobiçando seu marido disfarçadamente. Rebanho de quenga, concubinas do Satanás! Ou então a Jezebel destruidora de lares só poderia ser Iolanda, a solista do coral, que tinha se separado do marido recentemente, sem que ninguém soubesse o real motivo. Há quanto tempo os dois estavam tendo um caso? Seis meses, um ano? Foi a partir dessa escapadela que Paulo perdeu o interesse nela, ou o desejo dele terminara antes? Tantas perguntas sem resposta.

Caminhei lentamente até a porta da igreja e bufei com raiva, onde eu estava com a cabeça em me expor a uma situação ridícula dessas, me esgueirar pela porta dos fundos do meu templo como uma bandida? Naquele breve instante tomei uma decisão, nunca fui uma mulher covarde, do tipo que tapa o sol com a peneira, entre ter razão e ser feliz, eu sempre preferi o caminho da felicidade, mas desde quando a minha vida tomou esse atalho e eu não sorria, sonhava, queria, desejava? Eu não tinha resposta para essa pergunta e mais tantas outras desconfianças vis que zumbiam em meus ouvidos, qual um monte de abelhas. Tirei a chave da bolsa e andei na ponta dos pés, me locomovendo sem fazer barulho, como uma sombra a avançar lentamente sobre a luz. Passei pela copa, o local onde funcionava a escolinha dominical para os pequenos, a sala de estudos bíblicos, até que ouvi sons abafados vindos da sala à esquerda, anexa ao altar. A porta estava entreaberta, contudo, através da fresta não consegui ver com nitidez quem estava lá dentro, me aproximei um pouco mais e em um nano segundo, tal qual uma bigorna, a realidade excruciante caiu sobre a minha cabeça como uma bomba.

Nem precisava ver, já que reconhecia o som da voz de meu marido até de olhos fechados, mas a imagem a minha frente não deixava restar dúvidas, era devastadora, abominável, forte demais para esquecer, assim como os sussurros e gemidos roucos que escapavam das gargantas de ambos... Lá estava Paulo, o homem que jurou perante a Deus me ser fiel, vestido com nada além de uma cinta-liga, saltos altos e meia arrastão cor de sangue, as mãos envolvendo e manipulando cadenciadamente o pênis rijo como veludo em aço, sendo penetrado furiosamente por Daniel, amigo do casal há mais de dez anos, pastor da igreja que frequentavam e celebrante do nosso casamento.

— Diga Dani, você adora foder a sua cadela, não é?

— Sim, eu adoro, safado, você é minha putinha, empina essa bunda gostosa, dá o cuzinho pro seu homem.

As estocadas de Daniel se tornaram mais intensas a cada golpe, enquanto Paulo, debruçado sobre a mesa, se segurava firme, com o rosto grudado no tampo, os olhos espremidos de prazer, em uma submissão lasciva, empinando ainda mais o traseiro, urrando com a proximidade do gozo. O som de carne se chocando perfurava os meus ouvidos como uma britadeira no asfalto, meus joelhos dobraram e, sem que eu pudesse me reerguer, caí derrotada pela verdade, aquela que os tolos insistem em esconder sem sucesso. Contra os fatos não havia argumentos, o meu mundo ruiu, todo o grande amor que vivi desde a juventude não passava de uma mentira deslavada, um plano maléfico de dois sujeitos que não conseguiam assumir ao mundo os seus desejos e usaram-na para ocultar a verdadeira natureza de seus sentimentos. Por um instante invejei Daniel e a forma como dava prazer ao meu marido, pois quando raramente fazia amor comigo, Paulo nunca gemia assim, nunca me sussurrava obscenidades, jamais se entregara com tanto desejo. Comigo o sexo sempre tinha hora, local e volume ideal, sempre baixinho, comedido, requentado, insosso.

Me levantei com dificuldade e segui cambaleando pelo corredor, trombando em um vaso de flores. Os gemidos cessaram e Paulo falou alto em um tom assustado.

— Tem alguém aí?

Sem ouvir mais nenhum barulho, Daniel respondeu-lhe.

— Deve ser o gato que bateu em algo, venha cá, eu ainda não terminei com você.

Fechei a porta com cuidado e, assim que saí da igreja, deixei o pranto me tomar até que as lágrimas turvassem a minha visão. Virando à direita, desci uma ladeira íngreme andando sem rumo, observando a agitação da rua cheia de moradores alegres confeccionando carroças e faixas com protestos para o desfile da "Mudança do Garcia" que aconteceria na segunda-feira de carnaval.

As lágrimas caíam dos meus olhos em uma enxurrada difícil de controlar, eu soluçava trêmula, abraçando a própria cintura, o que fazer agora? Voltar pra casa, para o meu falso lar perfeito? Tudo que eu precisava fazer era andar, talvez assim soubesse o que fazer, como seguir em frente depois desse caos que se transformou a minha vida. Mas o som dos gemidos de Paulo e Daniel não cessava em meus ouvidos, aquelas palavras rabiscadas no papel não saíam de minhas vistas. "Seu marido está te traindo, traindo, traindoooo". As primeiras palavras do bilhete que virou a minha vida do avesso se misturavam como um caleidoscópio insano à imagem decadente de Paulo, travestido de mulher, revirando os olhos de prazer, enquanto era enrabado como uma cadela no cio, possuído por seu amante, fizeram com que eu perdesse a direção, o norte dos meus passos e sem querer trombei em algo pequeno. Era uma garotinha fantasiada de havaiana, que tentava atravessar a rua para se juntar aos pais, pedi desculpas, envergonhada e ajudei a menina a se levantar, recebendo um sorriso desdentado, lindo e inocente como resposta.

— Você tá chorando moça, tá dodói aonde?

Apontando o peito, respondi cabisbaixa.

— Aqui meu anjo, mas vai passar.

— Não chore mais, vem brincar, hoje é carnaval.

Aquela criança de forma tão inocente me convidou a brincar de viver, deu um "start" em minha cabeça, afinal, quão fundo em minha alma se escondia aquela Maria alegre, que bebia e comia da vida em grandes bocados sem medo de se empanturrar? Chega de regras espartanas, horas e horas enrolada em um edredom lamentando a barra de chocolate não saboreada, o gozo interrompido, aquele beijo de bambear as pernas que não provava. Acenei para a garotinha do outro lado da rua e me recordei da mulher que fora um dia, que havia deixado para trás...

O sol escaldante do verão de Salvador repousava à tarde, e com o porvir da noite, as ruas do centro da cidade da folia adquiriam uma miscelânea de cores e estilos, tal quais as telas vivazes de Romero Brito. Homens iam e vinham com as cabeças adornadas por turbantes e colares azul e branco dos Filhos de Ghandy, se misturavam às mulheres e crianças fantasiadas com abadás étnicos dos blocos afros Ilê Ayê, Malê Debale e outros mais, formando um tapete colorido de pessoas de todo o tipo. O reluzir das purpurinas nos rostos suados, o lamê envolvendo os corpos negros, brancos e mulatos me faziam refletir sobre um verso de uma música de Caetano Veloso que diz que "gente é pra brilhar, não pra morrer de fome..." Nos dias de Momo, sonhos se tornam realidade, domésticas são coroadas rainhas, o gari bailando é a apoteose do espetáculo popular, o morro e o asfalto se misturavam, no carnaval todos se tornam um, embalados pelo desejo único de ser feliz, nem que seja somente por alguns instantes. Um táxi buzinou e eu fiz sinal, daqui a pouco ia escurecer e eu precisava voltar pra casa antes que os foliões tomassem as ruas, transformando-as em um mar de gente, também tinha me esquecido de colocar a roupa de Paulo para lavar...

Deus, só poderia estar louca, onde estava com a cabeça em me preocupar com tarefas domésticas, trabalhos caseiros, depois de tudo que vi? No instante em que o desgraçado do meu marido se vestiu com aquele espartilho vermelho e trepou como uma vadia com o pastor de sua igreja, ele me arrancou da nuvem entorpecente da fantasia e me trouxe de volta à verdade de sua vida... Nua, crua e suja, eu não tinha mais um lar para voltar!

— Você quer ir pra onde? – Perguntou o taxista, depois de dar ré.

— Não sei moço, pra onde eu não precise lembrar, ou eu possa esquecer. – Respondi com o olhar perdido, sem vida.

— Hã, desculpe, não entendi.

— Pra lugar nenhum moço, mas deixa pra lá, mesmo assim obrigada, eu vou dar uma olhada na vida.

Olhar, sentir, provar uma colherada generosa da vida, era isso que precisava agora. Eu me negava a continuar assistindo os meus dias e anos passarem como um filme distante a minha frente, como uma telespectadora do meu próprio destino. Basta de somente ver através da janela a "banda passar", tal qual a canção de Chico Buarque, agora eu ia acompanhar o cortejo e cair na folia.

Peguei o celular e depois de muito pensar, resolvi ligar para Paloma, o cabeleireiro proprietário do salão de beleza onde trabalhava e meu amigo desde os meus tempos de solteira. Após desligar por duas vezes, sem coragem de falar com meu amigo, tomei fôlego e atendi a sua ligação, ainda sem saber o que dizer ou por onde começar a revelar a decepção que me arrancou o chão dos pés.

— *Mary*, minha lindinha, você ligou pra mim?

Apesar dos lábios cerrados, os pensamentos ecoavam em minha cabeça, a minha mente ruidosa não se calava, ecoando por todo o meu ser, era tanta raiva, tanta frustração que sentia, o gosto amargo do fracasso em meus lábios era custoso por demais digerir.

— Maria, você está aí, tá me ouvindo?

— Sim – A resposta escapou de meus lábios, bem baixinho.

— Tô achando o seu tom de voz muito estranho, tá tudo bem com

você?

— Não, não está.

— Então me diga o que está acontecendo amiga, estou ficando

preocupada com você, eu vou passar aí na sua casa.

— Nãoooo! Eu não estou em casa.

— Então onde você está? Me diga que eu vou aí te ver.

— Eu tô em frente a uma loja de roupas, perto da Avenida Sete de

setembro, vou tentar ir para a rua principal.

— Não, fica aí quietinha, tem algum bar ou lanchonete por perto? –

Paloma retrucou preocupada que eu me perdesse, afinal eu não era

muito de sair de casa.

— Sim, um bar aqui em frente.

— Então me espere uns cinco minutinhos, eu estou aqui no centro, perto de você, pode deixar que eu te encontro, baby.

Atravessei a rua e parei em frente ao bar, hesitando se deveria entrar naquele local cheio de homens bebendo, afinal o que pensariam de mim?

O que eles imaginariam sobre a minha presença naquele antro da boemia? Que estava ali para caçar uma companhia masculina de fim de noite? Uma transa casual de carnaval? Que eu não passava de uma imbecil, traída, mal-amada, mal fodida, desesperada?

E se pensassem isso, eu poderia me sentir ofendida, se esses adjetivos traduziam à risca a verdade de minha vida? O que eu seria, senão a mais miserável das mulheres?

Um passo, depois outro, eu respirei fundo e levantei o queixo, me sentando em uma mesa discreta no fundo do bar e cumprimentando o garçom em um aceno de cabeça que veio até mim para anotar o meu pedido.

— O que a senhora deseja?

— Uma água com gás, por favor.

Já tinha olhado o relógio pela quinta vez, quando meu amigo enfim chegou.

O bar se silenciou momentaneamente, enquanto o travesti de mais de 1.80 m com o corpo atlético e cabelos loiros até a cintura atravessava o salão a bordo de um microvestido vermelho e saltos altíssimos, caminhando sexy e confiante pelo corredor. Paloma acenou para mim, lhe dei dois beijinhos estalados no rosto e puxei a cadeira jogando a cascata loira de fios sedosos para o lado, ao cruzar as longas pernas.

— O mesmo pedido pra mim garçom, oi querida, eu vim o mais rápido que pude.

— Tudo bem Paloma, eu entendo.

— Que cara é essa Mary, assim você está me deixando assustada, alguém morreu?

— Sim. – Disse com a voz embargada.

— Ai meu Deus, eu tô tremendo que nem vara verde, minha Santa Mariquinha, quem foi que morreu justamente em plena sexta-feira de carnaval?

Paloma me perguntou esticando para frente as mãos trêmulas, depois repousando-as no peito com o olhar aflito.

Balbuciei desviando os olhos marejados de lágrimas.

— Eu.

Paloma bateu os nós dos dedos na mesa de madeira, pra afastar o mau presságio, reclamando comigo.

— Vira essa boca pra lá, não diga uma besteira dessas, como é que você morreu se tá aí "vivinha" da Silva, falando essas merdas pra mim, o que deu em você, hein?

— A Maria que você conheceu, aquela imbecil que se achava a mais virtuosa, a mais feliz entre as mulheres, ela sim, tá morta e enterrada a partir de hoje.

Paloma arregalou os olhos, surpresa pelo meu desabafo inesperado.

— Caramba Mary, por essa eu não esperava, garçom, esquece a água e me traz uma cerveja.

O travesti, de corpo hercúleo e coração frágil segurou a minha mão firme em me ver à beira do pranto. Desde muito jovens, sempre fomos confidentes um do outro e, apesar de eu ter sido criada em uma educação conservadora e religiosamente rígida, nunca tive nenhum tipo de discriminação quanto à sexualidade de meu amigo. Pra mim não importava se aquele mulato enorme e forte se transformou, desabrochou, em uma mulher voluptuosa, pra mim a pessoa linda que o meu patrão e parceiro de todas as horas se tornou era muito mais importante do que qualquer definição de gênero.

— O que aconteceu de tão ruim para você pensar assim, de uma hora pra outra?

Fomos interrompidas pelo garçom, que se preparava para entregar a Paloma o copo de cerveja, quando eu despejei de uma vez.

— O Paulo está me traindo.

— O que você disse? Eu ouvi direito? – Paloma indagou franzindo o cenho, virando o ouvido em minha direção com o ar incrédulo.

— Sim, você ouviu certo, hoje eu flagrei o Paulo me traindo, na antessala da Igreja que frequentamos há anos.

Antes que o garçom colocasse a cerveja na mesa, Paloma abanou o rosto, ainda sem conseguir acreditar no que tinha acabado de ouvir e pediu ao garçom, com a voz esganiçada pelo susto.

— Cancela a cerveja, meu querido, o que nós precisamos é bater duas doses de uísque duplo, cowboy, sem gelo. Minha Santa Genoveva, isso é verdade mesmo, você tem certeza?

A voz me faltou, um nó apertado se instalou em minha garganta, tudo que eu conseguia fazer era balançar a cabeça em afirmativa e entoar mentalmente um mantra para não desabar de vez. "Eu não vou chorar, eu não vou chorar, eu não vou..." Só percebi que falhei debilmente, quando senti os dedos longos de Paloma enxugando as lágrimas grossas que caíam em meu rosto.

— Não faz assim comigo, Mary, você sabe que eu não suporto ver você chorar, não dê àquele perdedor do seu marido...

— Ex-marido. – Repliquei imediatamente, tomada por um misto de raiva e vergonha por ter sido enganada por tanto tempo pelo homem que me jurou perante a Deus, amor e fidelidade.

— Isso mesmo, ex-marido, não dê a ele o gostinho de te derrubar.

O garçom colocou em frente a nós os copos cheios de uísque e demorou para se retirar, nitidamente tentando bisbilhotar o que estávamos conversando.

— Você é maluca, por que pediu duas doses, eu não deveria beber, nem poderia estar aqui neste lugar, Paloma, acho melhor nós irmos embora antes que alguém me veja aqui.

— Por que não deveria beber, e por que você não pode estar aqui? Você é a dona do seu querer, das suas vontades, baby. – Paloma apontou para mim falando pausadamente, como se quisesse me fazer enxergar o quanto tinha me tornado um fantoche em minha própria existência.

— É você quem diz o que quer e o que pode, as rédeas de sua vida, do seu destino, têm que estar somente em suas mãos, de mais ninguém. Se você não quiser beber essa dose comigo ou estiver aqui por sua vontade, tudo bem, eu entendo e respeito a sua decisão, mas ficar amarrada ao que as pessoas pensam sobre você e como eles acham que deve conduzir a sua vida, aí eu te digo que isso é uma tremenda merda de uma imbecilidade, baby. A decisão é sua, mas eu sou sua amiga e me sinto à vontade de te dizer, quer saber o que eu acho que você precisa hoje, além dessa dose de uísque?

— O quê?

— Uma boa dose de ousadia.

— Talvez você esteja certa amiga, então, vamos brindar a quê?

— A essa mulher forte e feliz, escondida no fundo de sua alma, que está prestes a nascer. A nova Maria.

— A nova Maria... Obrigada Paloma, por você estar aqui comigo.

— De nada, não teria outro lugar que eu deveria estar, afinal, amizade verdadeira é aquela que a pessoa está ao seu lado, no riso e no choro, senão de nada vale, Mary.

Eu me enchi de coragem e tomei a dose de uísque em um só gole, Paloma se levantou e jogou uma nota de vinte reais na mesa, me arrastando pela mão pra fora do bar.

— Pra onde você tá me levando, sua doida? – Ri fazendo careta pra Paloma, já meio de pilequinho.

— Vamos embora daqui, nós temos que ir a um lugar, a "missão cinderela da folia" está só começando.

⚜

— Por que você me trouxe aqui? – Indaguei ao entrar na loja repleta de fantasias carnavalescas.

— Vamos escolher uma fantasia linda pra você, eu vou fazer a minha mágica nesse rostinho de princesa, nesses cabelos lindos que você tem e não valoriza, e aí vamos estar prontas para nos jogarmos na *"pipoca"*.

— Não Paloma, eu não tenho nem dinheiro pra comprar fantasia, veja o preço dessa aqui, o olho da cara, você já estava com a sua sexta-feira de carnaval toda organizada, comprou camarote e tudo, deixa essa maluquice pra lá, eu vou ficar bem, eu vou pra...

— Pra onde *viada*, pra casa? É isso mesmo que você quer? Passar a noite naquele apartamento sem conseguir dormir, atormentada com essa merda toda que aconteceu hoje?

— Não, isso não, eu não quero voltar pra casa, pelo menos não agora...

A ferida da desilusão latejava como ferro em brasa marcando a minha carne, a minha alma, tantos sonhos perdidos, tantos desenganos emergiram em uma fração de segundos, no instante em que me deparei com a cena dantesca de meu marido fodendo como uma cadela com o seu melhor amigo, que tudo que eu queria era esquecer por algumas horas que teria que voltar pra casa, o "lar" feliz e sólido que eu me iludi e acreditei que tinha. Esse ninho de amor não existia, era fruto de minha imaginação, minha cegueira de anos a fio, quantos indícios dessa traição eu tive durante os últimos meses? Por que insistia em não querer enxergar a verdade que estava bem a minha frente? Fui despertada por Paloma, que sacudia a fantasia de mulher maravilha a minha frente.

— Essa vai ficar perfeita, pense que estou te dando uma bonificação por ser a melhor manicure do "Salon beauty", agora tome coragem, vá ao provador e só saia de lá quando estiver pronta.

— Eu nem sei como agradecer.

— Quem tem que agradecer sou eu, ficar naquele camarote sozinha não teria a menor graça, o que adianta todo aquele espumante, os boys magias lindos, se eu não teria ninguém pra contar quem eu beijei?

— Eu devo ser mais louca que você em concordar com tudo isso, mas vamos lá, no fundo você está certa, uma boa dose de ousadia vai me cair muito bem. – Sorri com os olhos marejados, sumindo no provador da loja com uma fantasia de mulher maravilha nas mãos.

# JAVIER

## **Sexta-feira de carnaval – 23h50min**

Negro, olhos castanho-escuros e intensos, 1.98 m de músculos esculpidos e bem constituídos, aliados a um rosto másculo e uma genética familiar de homens potencialmente viris, faziam de mim, aos olhos de muita gente, um epítome do garanhão latino, um homem carregado de apetite sexual, então por que, Deus do céu, a mulher a minha frente não me despertava desejo? Desde quando eu me tornei tão exigente ao ponto de dispensar um belo par de seios balançando a minha frente? O que estava acontecendo de errado comigo? Eu não tinha resposta para essas perguntas, mas o fato era que as doses de sexo casual que sempre me satisfizeram durante toda a minha vida, sem qualquer explicação lógica, agora não faziam mais parte do meu prato predileto. Neguei com a cabeça e abaixei os olhos, entregando a blusa e o sutiã que Soraya, a enfermeira morenaça do meu plantão, jogou em meu rosto.

— Você não tá a fim, meu pedaço de chocolate?

— Hoje não, Soraya, me desculpe, eu não sei o que deu em mim, acho que é o cansaço de tantos plantões seguidos.

— Você não me deseja mais, eu estou feia, gorda?

— Não, até porque beleza e magreza não são tudo que a gente busca em uma mulher, mas deixa pra lá, não é nada com você, sou eu.

— Você está broxa, me deixa ver...

"Dr. Rodrigues, compareça à recepção..."

A voz no alto-falante do hospital me salvou da humilhação perante Soraya, como dizer a ela que o sexo suado e intenso que queria me oferecer não me preenchia mais, se sempre deixei claro para as mulheres que alguns momentos de prazer eram tudo que eu poderia oferecer?

— Não, não é nada disso, eu não quero ser grosseiro, estão me chamando na recepção, outra hora a gente se fala, eu preciso ir Soraya.

— Tudo bem, quem sabe outro dia, quando você estiver a fim, eu estou preparada pra te dar o que você precisa tigrão, grrrrrr.

Fechei a porta dando um riso amarelo ao ver Soraya fazendo charme, simulando garras de felina com as unhas e saí em disparada.

Caminhei rapidamente até a recepção e, assim que cheguei, um paramédico da SAMU me empurrou uma prancheta no peito, visivelmente apressado, contendo o relatório médico de um paciente. Era uma mulher jovem, fantasiada de mulher maravilha, com uma máscara de carnaval e os cabelos lhe encobrindo parte do rosto.

— Mulher sem identificação, aparentando ter uns vinte e cinco anos, foi encontrada desacordada pela nossa equipe em um meio-fio no circuito Barra/Ondina, os exames iniciais indicam que ela sofreu uma contusão na cabeça, há sangramento na região occipital, deu pra sentir o cheiro intenso de álcool na boca.

— Coma alcoólico?

— Bem possível, os sinais vitais estão relativamente estáveis, tá respirando normalmente, mas a pressão arterial está baixa, 6x4, meu trabalho aqui está feito, agora ela é toda sua.

— Eu estava indo embora, mas o colega que vai me render ainda não chegou. – Expliquei, tentando esconder o tom de queixa, suspirando fundo sem conseguir disfarçar o cansaço do plantão exaustivo que tive horas atrás.

— Pelo visto ele deve estar "preso" na folia.

O paramédico salientou fazendo aspas com as mãos.

— Pois é, acho que daqui a pouco ele chega aqui, bom plantão, eu assumo a paciente daqui.

Fiz sinal para Saulo, o enfermeiro mais antigo do hospital e meu amigo desde que cheguei a Salvador, se aproximar e comecei com o procedimento de socorro à paciente.

— Saulo, tire toda essa parafernália de cima desta mulher e limpe os ferimentos – Disse apontando para a máscara e a fantasia da paciente — Eu vou solicitar uma tomografia para verificar se o quadro é de traumatismo craniano.

Retornei rapidamente e constatei que Saulo já tinha limpado as escoriações da paciente, tomando um susto assim que afastei os cabelos da mulher e foquei em seu rosto.

— Madre de Dios, não é possível.

— O que foi doutor, o senhor conhece essa mulher?

— Hã, nãooo, é que eu estava distraído, leve-a imediatamente para a sala de tomografia.

Assim que Saulo saiu empurrando a maca, deixei escapar um

suspiro longo, logo que meus olhos bateram na paciente, tive a impressão de que a conhecia, mas sem a máscara de super-heroína e depois da limpeza dos seus ferimentos não tive dúvidas, mesmo que parecesse impossível acreditar que aquela figura estava se esbaldando como uma louca no carnaval, a mulher misteriosa era a sua vizinha, Maria da Anunciação, a carola insuportável que fazia da sua vida um inferno desde que se mudou para o Residencial Rio Vermelho.

# CAPÍTULO 4

(Trecho de chuva, suor e cerveja – Caetano
Veloso).

## MARIA DA ANUNCIAÇÃO

<u>**Sexta-feira de carnaval – 19 horas**</u>

Pensei que só podia estar louca em concordar com a ideia de Paloma e me juntar a ela em meio a esse furdunço, apesar da dose de uísque ter me deixado um pouco mais solta, desinibida, a vergonha estampada em seu rosto, o constrangimento em flagrar os olhares de cobiça dos homens que passavam por mim, era a prova mais clara de que definitivamente eu não pertencia a esse mundo.

A quem queria enganar bancando a paqueradora, a descolada? O reflexo de minha imagem na porta de vidro de um dos prédios na Avenida me fez estancar por um instante, caramba, Paloma realmente fez um milagre em meu visual na loja de fantasias quando resolveu me arrumar, meus cabelos loiros e longos foram puxados para cima em um penteado semi-preso, com alguns fios soltos, deixando o meu rosto em evidência e a maquiagem suave, sexy e natural ao mesmo tempo, evidenciava o tom verde escuro dos meus olhos.

Uma boa camada de rímel, blush para dar uma corzinha, gloss cor de pêssego para valorizar os meus lábios, a fantasia de mulher maravilha com a minissaia, top vermelho estruturado deixando os meus seios mais volumosos e empinados, botas cano alto, máscara e voilá, eu me tornei um mulherão, bem diferente daquela figura comum que sempre fui.

— Tá fazendo o que aí parada, amiga? – Paloma perguntou, voltando para junto de mim e achando graça em me observar estática em frente à porta de vidro de um prédio.

— Nada, só estava me olhando, você não é cabeleireira, é mágica, fez um milagre tão grande no meu visual que eu até tomei um susto quando vi essa mulher bonita refletida no vidro.

— Eu não fiz mágica nenhuma, só dei um toque de cor aqui, uma valorizada ali e nada mais, tudo que está aí é seu... Esses cabelos lindos, os olhos incríveis, as suas curvas, essa rabeta empinada, os melões fartos que as mulheres se matariam pra ter, tudo seu... Você só não percebia o quanto é deslumbrante, Mary.

— Eu tenho espelho em casa, Paloma, nunca fui uma mulher interessante, mas já que você quer me alegrar com essas pequenas mentiras, eu deixo amiga, hoje eu estou precisando levantar a minha autoestima.

— Se for por falta de guindaste, eu estou aqui mona, em um instante eu coloco essa autoestima lá no alto, se ame mais, acredite na sua força interior, no seu poder feminino, às vezes parece ser difícil, o mundo só aponta as nossas falhas, parece uma câmera que só ressalta o nosso pior close, mas se continuarmos na busca, tentando ser feliz, a opinião dos outros perde cada vez mais a importância. Hoje é a noite de dar um tremendo foda-se para toda essa gente que só sabe te julgar. Vamos cair na folia, amiga... Rir, cantar, dançar e esquecer tudo de ruim que nos rodeia, enquanto o seu príncipe encantado não chega, quem sabe você se distrai beijando uns sapos?

Maria e Paloma, Paloma e Maria... Cúmplices na "dor e delícia de ser o que é", inseparáveis na vida, mesmo em meio à multidão de corpos suados se espremendo, que teimavam em fazê-las se perderem uma da outra. Entrávamos e saíamos de becos e vielas, seguindo rindo e cantando ao som dos trios e *"moquequinhas"* que passavam embalando a noite no circuito do carnaval.

Alguns rostos se viravam perplexos observando meu amigo, altíssimo e curvilíneo, pulando no meio da pipoca, abraçado a uma sexy e muito loira mulher maravilha. Para eles provavelmente essa era a dupla mais insólita da avenida, mas pra nós duas, o mundo ao redor pouco importava, o escrutínio das pessoas que nos circundavam era irrelevante, tudo que nós duas queríamos era exorcizar as tristezas do dia a dia que nos engessava, era beber um pouco mais de caipirinha, tomarmos um porre de felicidade.

*Moquequinhas* – Pequeno grupo de foliões, liderados por um grupo diversificado de instrumentistas e percussionistas que animam os festejos tocando canções e marchas de carnaval.

# CAPÍTULO 5

*"... Hoje eu vou tomar um porre*

*Não me socorre que eu tô feliz*

*Nessa eu vou de bar em bar*

*Beber a vida que eu sempre quis..."*

## MARIA

Paloma cantava a todos os pulmões o antigo samba enredo da União da Ilha do Governador e aproveitando o último verso, eu terminei de escorrer o segundo, ou seria o terceiro copo de caipirinha? Olhei de cima a baixo com ar de apreciação o gostosão que estava a um braço de distância de mim e, sem pensar duas vezes, decidi provar o sabor dos lábios do moreno fantasiado de Deus do trovão, com a barriga chapada que bebericava uma cerveja ao meu lado. Thor que me ajudasse, mas esse moreno era de eletrizar qualquer uma, eu puxei o cara tesudo pelo braço, fechei os olhos e lhe tasquei um beijo. Desde quando não sentia o gosto de outros lábios colados aos meus, instigando, fazendo-me sentir mais viva, quente? Onde eu estava com a cabeça em beijar um completo desconhecido, assim sem pensar em nada? O anjo e o diabinho não desgrudavam de meus ombros, ora dizendo sim pra tudo que me libertava, ora dizendo não para manter o bom senso... O sabor da culpa foi maior que o prazer do momento, e antes que o "moreno com gosto de cerveja, limão e açúcar" tentasse aprofundar o beijo, me desvencilhei dele me sentindo deslocada, envergonhada de meu ímpeto, enjoada com o amargor da censura se misturando ao meu paladar. Eu ainda era casada, isso era errado em tantos níveis, que eu mal conseguia pensar com clareza no que fizera.

— Mona, você tá muito bêbada, muito louca, corajosa hein! Puxou o boy magia, lhe deu um aperto de anaconda, daqueles que ninguém consegue se desvencilhar sem ser devorado e mandou ver, safadinha hein...

— Eu, eu nem sei o que falar.

— Então não fale nada, eu não sou a pessoa que vai estar aqui pra te censurar, amiga, eu sei muito bem o que esta cabecinha está pensando, só curta a noite, da maneira que você quiser, se não se ferir ou machucar alguém, então tá tudo certo.

— Loirinha linda, caralho, que beijo gostoso você tem, não quer terminar de se divertir comigo em um lugar mais tranquilo? – O moreno se aproximou passando a mão pelo peitoral musculoso e a barriga "zero percentual de gordura", em um gesto forçadamente sensual, se achando um presente dos deuses.

Ao despertar de meu momento tocar o "foda-se", neguei com a cabeça, fechando o cenho e ele tentou o seu ponto, buscando me convencer a ir pra sua cama, achando que seria uma tarefa fácil.

— Pois não sabe o que está perdendo, tenho certeza que você nunca provou um homem tão gostoso quanto eu, te chuparia com vontade, como se fosse uma laranja madura e suculenta. – Afirmou o moreno espremendo os olhos, o desejo bombeando forte em suas veias.

— Onde você aprendeu essa cantada barata, será que ensinavam uma que prestasse? Assim você vai terminar o carnaval chupando dedo, isso sim! – Paloma debochou dele, me puxando para o seu lado, impedindo o sujeito de me agarrar pelo braço.

— Ninguém está falando com você, viado nojento, gente do seu tipo deveria morrer, nem chega perto de mim, seu doente, essa merda de viadagem eu quero bem longe de mim, deve ser contagioso.

— Veja como você fala com minha amiga, imbecil, deve pensar que é a última Coca-Cola do deserto.

— Vá se foder, vadia, você e esse chupador de rola, doador de cu, que você chama de amiga.

— Se vê que você pensa que é "o" homem, mas você está muito enganado, cara, eu posso te garantir que mesmo sendo gay, doente, chupador de rola ou doador de cu, como você acabou de me xingar, pra tentar fazer eu me sentir inferior, eu ainda assim sou muito mais homem que você, pelo menos eu sei como se trata uma mulher. E você, super-herói de bosta, só porque tem a merda de um pau entre as pernas acha que pode sair ofendendo todo mundo?

Dois homens com a fantasia do bloco das Muquiranas pararam perto de Paloma e lhe perguntaram, esbravejando com o brutamonte.

— Esse cara tá te ofendendo Paloma?

— O idiota aí tá se achando o fodão, não conseguiu aceitar um fora da minha amiga, agora tá todo irritadinho, me xingando, se sentindo "o macho alfa da floresta", desce desse cipó, Tarzan.

— Deixa com a gente, mostramos pra ele rapidinho como a gente trata macho bravo, uma navalhada nas bolas, e ele sai daqui falando fininho.

— O que essas bichinhas estão falando aí, parceiro?

Um segundo troglodita, sem camisa, se aproximou do moreno e perguntou apontando para Paloma e os seus amigos.

— Pelo visto você também se acha no direito de nos julgar, nos ofender, porque somos gays, como se não sangrássemos, não chorássemos, não tivéssemos o mesmo direito de vivermos e sermos felizes que você, pois eu vou te dizer o que eu penso sobre isso: *"Deixa ele assumir, deixa ele transar, deixa ele amar, é melhor do que ele sacar de uma arma, pra nos matar..."* Me deixa ser, gozar e viver do jeito que eu quiser, a forma como eu levo a minha vida, só interessa a mim, a mais ninguém" – Paloma desabafou com o sujeito, com a voz embargada pela raiva e humilhação.

— Vai cacarejar bem longe daqui bambi, antes que a gente te encha de porrada.

— Mas essa eu quero ver, pra você encostar um dedo nela, vai ter que encarar a gente, babaca. – Um dos amigos de Paloma, um travesti com uma peruca ruiva, alto e forte, deu um passo à frente, com a mão nos quadris, a voz no mesmo instante se tornando máscula, grossa e áspera, como um fio de uma navalha.

O moreno que fora rejeitado por mim avançou em Paloma lhe dando um soco e ela revidou com um cruzado de direita tão forte que fez o cara cair por cima de uma barraca de rosca. Uma pequena discussão, que parecia estar prestes a terminar em uma fração de segundos, se transformou em uma pancadaria generalizada, os amigos de Paloma entraram na briga, distribuindo socos e pontapés para todos os lados e eu, sem saber ao certo como defender a minha amiga de ser massacrada por um grupo de valentões que se aproximavam na covardia, peguei duas garrafas de vodca e parti pra cima dos caras, acertando-lhes em cheio, na cabeça. Ao longe, o cantor Bell Marques clamava por paz no carnaval e pedia o apoio da Polícia militar para conter a confusão e, em um piscar de olhos, uma tropa de policiais chegou para acabar com a arruaça...

*"Que tiro foi esse?"* Abriu-se um clarão em meio à multidão de foliões e, assim que desci os olhos, constatei, *"Tá lá o corpo estendido no chão"*.

Corri na direção de minha amiga, mas um aglomerado de gente me impedia de me aproximar... Quando enfim consegui driblar o povo, lá estava Paloma, estatelada no asfalto. Berrei sem conseguir conter o choro, como uma noite tão alegre podia ter se transformando em um instante tão breve numa desgraça? Por que eu só perdia nessa vida? Primeiro o meu marido perfeito, idealizado, no momento em que o flagrei com outro e agora Paloma, minha melhor amiga. Um policial muito alto e forte se agachou apalpando o corpo de Paloma de cima a baixo, para verificar onde ela tinha sido atingida pelo disparo, e um grito esganiçado me fez estremecer todinha, Paloma virou de barriga pra cima, com um olho aberto e outro fechado, perguntando às pessoas ao seu redor.

— Me digam que eu não morri, eu só posso estar sonhando, um boy magia lindo desses apalpando o meu corpinho todo, ah que delícia viadooo, o tempo só me favorece, minha Nossa Senhora das bibas sortudas, eu só posso estar no paraíso, ninguém se atreva a me acordar desse sonho, depois de tomar um soco daquele troglodita, eu tô toda menininha, garota, garota, frágil como uma rosa, merecendo um presentinho desses dos céus.

Uma policial feminina, pequenina e rechonchuda, com o capacete enterrado na cabeça, tapando-lhe a visão, surgiu do nada, distribuindo a torto e a direito golpes de cassetetes em todas as direções, como se tivesse tomada pelo "coisa ruim". A mulher, como uma galinha eletrificada gritou ao léu.

— Tá tudo dominado, aqui na minha patrulha nada pega, hoje eu não tô bem Peixoto, eu tô com a faca nos dentes, com sangue nos olhos, essa noite eu prendo uma meia dúzia de baderneiros. Peixoto! Levanta esse sortudo do chão e leva essa cambada de arruaceiro pra delegacia.

— Ela não tem culpa de nada, Dona policial, foi aquele cara ali que começou toda a confusão. – Bradei, tentando me aproximar dos policiais, mas impedida pela quantidade de gente que bloqueava o meu caminho.

— Pois eu, cidadã, não quero nem saber por que a vaca dá leite, é melhor você ficar bem quietinha, antes que seja presa também, vai todo mundo esfriar a cabeça no xilindró. – Respondeu a policial, enquanto os seus colegas de patrulha continham Paloma e todos os outros envolvidos no quebra pau.

— Palomaaaa fique calma, eu vou resolver isso, hei! Moço, não a machuque, ela não é nenhuma criminosa, espere um minuto, eu vou com a minha amiga. – Pedi aflita ao policial que algemara Paloma e suas amigas com brutalidade, contudo, um grupo numeroso de foliões do bloco "Camaleão" surgiu abrindo passagem em meio à multidão, me atrapalhando de acompanhar os policiais que seguiram em frente, abrindo espaço com seus cassetetes, fazendo com que eu perdesse Paloma de vista.

A imagem de Paloma e suas amigas sendo levadas pelos policiais aos cachações deixou meu coração espremido, do tamanho de uma ervilha. Senhor do céu, pra onde estavam levando a minha amiga e qual tipo de abuso ou agressão poderiam infligir a ela atrás das grades? Andei e andei a ermo, sem saber o que fazer ou para onde ir, até que parei em frente a outra barraca de drinks, pedindo ao vendedor uma garrafa d'água, tentando secar as lágrimas que caíam teimosas do meu rosto.

— Por favor, uma água.

— Vixe mulher, não chore não, tô achando que pra você um capeta agora cairia melhor do que água.

— Esconjuro três vezes – Me benzi olhando para o copo com o ar assustado.

— É só o nome da bebida moça, é feita com vodca, abacaxi, chocolate em pó e guaraná, pode provar, é gostosa.

Olhei o copo convidativo a minha frente e pensei que uma dose de algo mais forte me deixaria mais relaxada, talvez me ajudasse a pensar com mais clareza no que deveria fazer.

— Hoje tá sendo o pior dia da minha vida, moço, mais cedo peguei o meu marido no flagra transando com o pastor da nossa igreja e agora minha melhor amiga foi presa porque foi me defender durante uma briga.

— Fiu. – O vendedor ambulante assoviou com os olhos arregalados, fazendo uma careta, sem conseguir disfarçar a pena que sentiu de mim.

Uma senhora pequenina e magra, parecendo bastante idosa e

fantasiada com uma camiseta de um bloco de samba me olhou de cima a baixo e disse com o olhar carinhoso, de quem conhecia bastante da vida.

— Tire do rosto essa expressão de pena de si mesma, minha filha, a vida não tem piedade de quem se encolhe ou se curva perante a ela. Caiu? Levanta! É assim que se enfrenta as porradas que o destino nos dá! O amor da minha vida, de mais de 40 anos, faleceu há seis meses e eu estou aqui, aproveitando provavelmente o meu último carnaval, beba comigo, essa é por minha conta... – levantou o copo do drink em um brinde solitário e me entregou com um sorriso morno. — A sua felicidade só depende de uma única pessoa: você!

Assenti sutilmente com a cabeça e balbuciei "muito obrigada" aceitando o copo, saboreando o primeiro gole da bebida. O gosto intenso de vodca e abacaxi desceu rascante em minha garganta, me queimando toda por dentro e enchendo a minha alma fria de calor. As palavras daquela velha senhora não saíam de minha cabeça, eu precisava tomar minha vida nas mãos e conduzir firme o meu barco. Mergulhar de cabeça nas águas turvas da autopiedade onde me acomodei e sempre me refugiei não era mais uma opção, essa era a hora de emergir da mesmice em que me afogava e fazer com que ressurgisse a minha fé em mim mesma, a força interior adormecida no fundo de meu coração.

Deixei escorrer o líquido refrescante e doce do meu segundo ou seria terceiro copo? Não sabia ao certo, mal me lembrava do meu próprio nome, que dirá quantos copos já tinha bebido.

— Muito obrigada por ouvir a minha história de merda, ops, Maria, é feio falar palavrão. – Me autocensurei, rindo ébria, depois gargalhei novamente, tentando disfarçar a dor que rasgava o meu coração ferido. O ambulante balançou a cabeça, fingindo não perceber que o meu riso se transformou em choro solto, as lágrimas se misturando a minha alegria etílica, volátil e fajuta, como a procedência russa da vodca que tomei. Deixei sobre o balcão da barraca uma nota de cinquenta reais e segui em frente cambaleando levemente entre os transeuntes, a brisa suave da noite batendo no meu rosto, potencializando com o álcool uma sensação desconhecida de liberdade. A vontade súbita de fazer xixi estava me matando, avistei um beco mais a frente, olhei desesperada ao redor procurando um banheiro químico, encontrando-o livre. Não era a melhor das opções, a higiene no local era por demais precária, mas não tinha outro jeito, aquela caixa fétida azul tinha que servir. Agradeci aos céus quando constatei que o banheiro químico ainda tinha papel higiênico e terminei de me aliviar rapidamente, batendo a porta logo que saí.

O som baixo de um gemido feminino e o farfalhar de roupas chamou a minha atenção. Ocultos em meio ao breu da viela, uma mulher era acariciada por dois homens altos, fantasiados de querubins. Ambos usavam uma auréola adornando a cabeça, um saiote branco e sandálias de tira nos pés, um deles era mais alto, os músculos dos braços e o peitoral mais bem constituídos, enquanto o outro, com os cabelos loiros tal qual trigo, era mais delgado, contudo não perdendo em nada, tanto em beleza quanto em virilidade... Másculos e atléticos, os dorsos dos dois machos, desnudos e cobertos por uma camada de purpurina dourada, sobressaíam reluzindo na escuridão da noite, a mulher pequena e magra, aparentemente frágil, se deleitava em ser o recheio daquele sanduíche carnal, roçando em um ritmo frenético as nádegas e a vagina em um e outro, com os seios pequenos descobertos e uma microssaia jeans que mal lhe cobria o sexo. Ela levou a mão para trás, levantando o saiote do seu amante, revelando o seu pênis longo e muito grosso, enquanto beijava com sofreguidão o homem a sua frente, lambendo e mordiscando os seus lábios, completamente entregue ao desejo de ser tomada ali mesmo, na escuridão daquele beco. Estanquei me apoiando no muro, confusa e embaraçada pela miríade de emoções que sentia naquele instante. Surpresa, vergonha, excitação, inveja daquela pequena mulher à beira do gozo? Mesmo que nunca admitisse a verdade nem para o meu próprio espelho, eu gostei da cena decadente, lasciva, que se desenrolava a minha frente. A mulher abriu lentamente os olhos e nossos olhares se encontraram, não precisava palavras para eu saber que ela estava ébria de tesão, o seu lado animalesco liberto, sobrepujando a razão ou qualquer pudor que ainda pudesse ter. Tentei correr, mas minhas pernas moles como espaguete não acompanhavam a rapidez do meu pensamento, me apoiei em um poste e apertei as coxas, em uma tentativa vã de que o latejar incômodo em meu clitóris cessasse. O que deu em mim? Por que não conseguia parar de admirar o espetáculo de prazer explícito que aquele trio me ofertava de bom grado? A mulher entreabriu as coxas, permitindo que o homem mais alto, deslizasse o pênis lentamente entre os seus lábios vaginais, masturbando-a, deixando a glande bulbosa visível em um ir e vir ritmado, enquanto o outro anjo saboreava sem pressa os seus seios pequenos e delicados, lhe chupando os mamilos, ora um, ora outro. O homem acariciando as nádegas da pequena fêmea em seus braços percebeu que eu estava os observando e me deu uma piscadela sacana, ordenando aos seus amantes em seguida.

— De joelhos, os dois!

A mulher e o homem se ajoelharam sem hesitar, olhando o moreno em pé, com as coxas musculosas entreabertas, com um tesão nítido. O homem levantou lentamente o saiote deixando o pênis monumental descoberto e trouxe a cabeça da mulher e do homem ajoelhados a sua frente, junto a sua ereção. Os dois seguravam nas coxas do homem e cadenciadamente alternavam em chupá-lo, mergulhando o seu pênis teso profundamente na boca. A mulher lambia as bolas do sujeito enquanto o homem sugava o pau do outro com vontade, deixando escapar gemidinhos de satisfação ao mesmo tempo em que se masturbava cada vez mais rápido.

— Gosta do que vê, não quer se juntar a nós? – O homem em pé me perguntou com o ar sacana, mordiscando os lábios a cada sugada dos seus amantes.

Neguei com a cabeça, porém sem conseguir tirar os olhos nem por um segundo do pau do homem a minha frente, que sumia lentamente nos lábios do casal ajoelhado.

— Tudo bem, eu percebo que você é tímida, mas pelo menos vai me deixar ver a sua boceta linda enquanto você se acaricia? Abra as coxas e goza com a gente.

Balancei a cabeça em negativa, porém levei a mão à coxa, me retorcendo junto ao poste, desesperada para provar um milésimo do gozo que sabia que aquele trio estava prestes a sentir. A minha calcinha estava encharcada e o pulsar em meu botão era alucinante, desesperador. Desisti de resistir e abri as pernas, afastando o pequeno pedaço de renda que cobria a minha vagina há muito tempo negligenciada.

— Assim, nos deixe ver essa boceta apertada. – Disse o querubim perverso, observando a minha vagina, encharcada, depilada, ao mesmo tempo em que apreciava a chupada vigorosa dos seus amantes prostrados aos seus pés.

Acariciei o meu clitóris, pra frente e pra trás, circundando-o em movimentos cada vez mais rápidos, na medida em que um repuxar intenso começou a se construir em meu baixo ventre, reverberando por todo o meu sexo. Os gemidos cada vez mais altos do trio se misturavam aos meus próprios gemidos, aquilo tudo era demais pra mim, uma sensação tão intensa quanto aterrorizante, era o inferno, era o céu, não conseguia me conter, estava tão perto...

— Tão perto, ah! – As palavras escaparam dos meus lábios sem que eu conseguisse impedir.

— Isso, deixe vir, goza!

— Nãoooo. – Isso era errado em tantos níveis, o despertar do frenesi fez meu rosto ruborizar ao ponto de arder, o orgasmo que se aproximava como um torvelinho se dissipou em um passe de mágica. Não, definitivamente não, eu não podia, onde estava com a cabeça em me masturbar como uma puta na frente de desconhecidos? O quão longe eu fui na minha corrida louca por liberação, pela minha carência de prazer, de afeto? Respirei fundo voltando à realidade, tentando me recompor, constrangida pela minha atitude insana. O homem fez um movimento para me impedir de ir embora, segurando o meu braço, mas antes que ele pudesse se aproximar mais, me desvencilhei, ajeitando a calcinha às pressas e saí correndo daquele pequeno reduto de prazer proibido.

A mistura potente de álcool e gozo frustrado fez a minha cabeça girar como em um carrossel, ao mesmo tempo em que o trio elétrico de

Cláudia Leite passava, acompanhado de um coro de vozes cantando em uníssono a melodia celebrando a liberdade de ser feliz.

---

*"... Eu quero mais é beijar na boca*

*Eu quero mais é beijar na boca, eu quero mais*

*Eu quero mais é beijar na boca e ser feliz daqui pra frente*

*Pra frente..."*

*Ser feliz daqui pra frente...* Como acontecia essa mágica, se eu me sentia um pedaço de bosta em forma de mulher? Tão deslocada no meio desta multidão se beijando e tão distante do tão esperado "The end" do final dos romances "água com açúcar" que eu lia escondido em minhas noites solitárias? Os acordes da melodia ecoavam em minha mente como um turbilhão, um redemoinho no meio do rio, a minha cabeça girando e girando sem parar, me fazendo desequilibrar, até que a minha visão turvou desligando o controle do meu corpo, me carregando para o breu total.

---

# JAVIER

— Aqui está o resultado da tomografia de crânio da sua bela adormecida. – Saulo, o enfermeiro plantonista, informou com ar de riso. — Tá acontecendo alguma coisa Dr. Javier?

Balancei a cabeça em negativa, absorto em meus pensamentos, surpreso em constatar que conhecia Maria há quase seis meses, mas só agora observei o quanto ela era linda. O apelido de "bela adormecida" que Saulo lhe dera era realmente adequado a sua aparência. Assim, dormindo tão serena, os lábios rosados e carnudos, entreabertos, parecia mesmo uma princesa de conto de fadas, um anjo delicado encarnado em mulher.

Analisei o resultado da TC atentamente, franzindo o cenho quando vi Saulo retirar com excessivo cuidado algumas mechas loiras do rosto de Maria.

— Ela está desacordada há tanto tempo, é uma pena, uma moça tão bonita, será que não é melhor ligar para o Murilo dar uma olhada nela?

— Não toque nela.

Saulo deixou a mão cair rapidamente, surpreso com minha repentina rispidez.

— Eu decido como conduzir o atendimento dos meus pacientes, ok Saulo?

— Sim senhor, eu pensei no Murilo, porque ele é neurologista, mas você que é o médico, me desculpe.

—Tudo bem, me desculpe também, o plantão está sendo cansativo. – Menti sobre o motivo de meu tom ríspido, dando uma desculpa esfarrapada, como explicar que ver outro homem tocando-a me incomodava como o inferno? Será que Saulo tinha percebido o quanto aquela mulher mexia comigo?

Continuei desviando o olhar por um instante dos lábios cheios de minha paciente.

— O resultado da TC não indicou traumatismo craniano, acredito que foi apenas uma concussão mesmo, nada mais grave, ela está alcoolizada, dois frascos de soro glicosado vão ajudar em seu estado de ebriedade, então deixemos a conversa de lado e vamos ao trabalho, daqui a pouco eu volto para dar uma olhada nela novamente.

Atendi outros pacientes, mas, depois de alguns minutos, olhei para o relógio e achei melhor retornar para o boxe três, onde Maria estava. Não conseguia ficar distante muito tempo, céus o que estava acontecendo de errado comigo? Por que não tive coragem de admitir ao meu colega de trabalho que conhecia aquela mulher, que ela era a sua vizinha, insuportável e... Linda e sexy. Basta! Eu preciso retomar a minha sanidade!

Avaliei a prescrição dos medicamentos ministrados no prontuário, pensando que se ela permanecesse desacordada, talvez fosse melhor fazer uma nova tomografia para verificar se o seu quadro havia evoluído negativamente, ou realizar outros exames complementares. Sentei-me na beira da maca, distraído com a harmonia dos traços do rosto de Maria, a curvatura graciosa do seu nariz arrebitado, a suavidade das maçãs do rosto e o queixo delicado, será que os seus cabelos eram tão macios e sedosos quanto pareciam? Javier, onde você está com a cabeça em ficar secando com os olhos essa mulher, justo a megera da sua vizinha, sempre tão antipática? Eu sabia que a forma como olhava a curvatura dos seus seios empinados e redondinhos, subindo e descendo era errada, mas não conseguia deixar de admirá-la, quem diria que embaixo daqueles vestidos compridos e disformes que ela insistia em usar todos os dias se escondia uma sereia?

Debrucei-me sobre ela, aproximando o meu rosto do seu, enquanto observava as suas bochechas corarem suavemente, no momento exato em que as pálpebras dela tremularam e lentamente ela abriu os olhos, a íris verde profunda da cor de esmeralda, desarmando-me por completo.

— Até que enfim você despertou.

Maria se remexeu na maca olhando assustada ao redor, descendo os olhos para a infusão intravenosa espetada em seu braço e perguntou com o ar apavorado, perdido.

— Onde eu estou?

— Hospital Geral, você foi trazida para cá pela SAMU, foi encontrada desacordada no carnaval do Campo Grande com um ferimento na cabeça.

# MARIA

A minha cabeça estava confusa, embaralhada, mas lentamente a imagem de um deus negro tomou por completo o meu campo de visão. Nunca tinha visto um homem que alinhasse beleza e masculinidade de uma forma tão harmônica, natural, quanto o macho a minha frente. O seu sotaque hispânico era tão melodioso e ao mesmo tempo tão familiar, assim como a aura viril que ele exalava, os cabelos escuros cortados curtíssimos, os lábios carnudos e as mãos grandes e firmes, a imagem encarnada de um anjo caído, uma tentação de Leviatã, wow! Que brincadeira era essa? O médico delicioso era o seu vizinho, o espanhol (ou seria cubano?) Metido a Don Juan que a cada semana levava pra casa uma presa diferente para o abate.

Uma ânsia de enjoo me tomou sem me dar chance de resistir, então me virei de lado e despejei todo o conteúdo alcoólico que ainda estava massacrando o meu estômago, sujando o chão e os sapatos do tal sujeito.

— Pelo visto as doses a mais que você tomou não te fizeram muito bem. Saulo, faça uma dose de plasil pra ela, fique calma, daqui a pouco esse enjoo vai melhorar. Além do enjoo, você está sentindo mais alguma coisa?

— Sim, muita dor de cabeça.

— Entendo, é normal por causa do trauma e do excesso de álcool, se lembra de alguma coisa, como se acidentou, o que de fato aconteceu?

Os olhos do médico desceram até a minha minissaia vermelha de couro, uma pequena tira de pano que mal dava para esconder minha calcinha, justamente eu, que bradava aos quatro cantos o quão era virtuosa, apontando os pecados e os defeitos das pessoas ao meu redor, de meu vizinho inclusive. Jesus, em qual momento daquela noite a minha discrição, meu recato, me disseram adeus? Quem era aquela mulher com a maquiagem carregada, ridiculamente fantasiada de mulher maravilha, bêbada tal qual um gambá? A traição de Paulo me machucou tanto que não me reconhecia mais, me transformando em uma caricatura, um rabisco mal-acabado de mim mesma.

— Hei, eu estou te perguntando se você se lembra de alguma coisa que aconteceu com você nas últimas horas.

Neguei balançando a cabeça constrangida desde o fio de cabelo até o dedão do pé.

— Não, eu não consigo me lembrar de nada. – Afirmei encarando as mãos unidas placidamente em meu colo.

— Você se lembra do seu nome?

— Só sei que me chamo Maria.

— E quem eu sou? – O vizinho intrometido perguntou em voz baixa, sem que ninguém escutasse, buscando os meus olhos.

— Ora essa, você é o médico que está me atendendo, quem mais seria? – Novamente tentei fingir uma firmeza que não sentia no momento. Como dizer-lhe que eu sabia muito bem quem ele era e estava mortificada de vergonha, humilhada, por justamente ele, o promíscuo do prédio, me encontrar bêbada em pleno carnaval, vestida como uma piriguete?

— Sim, você está certa, mas onde você mora? Você se lembra?

Dei de ombros.

— Você não se lembra? Tente se concentrar.

Balancei a cabeça e cobri o rosto para que ele não visse a minha miséria pessoal, chorando aos soluços, deixando por fim toda a angústia, a raiva, a tristeza pela minha vida de mentiras escoarem de meu coração atormentado.

— Alguém que você lembre que possamos procurar?

— Não, inferno, mil vezes inferno, que tortura é essa? Eu estou em um hospital ou em um interrogatório?

— Hei, Dona esquentadinha, calma aí, eu só estou te fazendo perguntas de praxe pra saber seu real estado clínico.

— Pois escreva aí nessa sua prancheta, a paciente não sabe necas de pitibiriba, eu não me lembro de nada, absolutamente nada, está satisfeito agora?

— Shh, tenta se manter controlada, por favor? Eu vou te encaminhar para o neurologista que está entrando de plantão.

— Nãoooo, eu não quero outro médico, por favor, eu te peço, fica comigo!

Agarrei a mão de Javier e ele me acolheu em seus braços, me dando o amparo que precisava naquele momento. Era melhor assim, se eu dissesse qualquer coisa além do meu nome teria que admitir que o reconhecia, tudo que eu precisava era me sentir melhor da dor de cabeça que me atormentava e ir embora daquele hospital o mais rápido possível. Ainda tinha que procurar Paloma, será que a polícia já havia lhe liberado? Javier tentou se desvencilhar, mas me aferrei com força nos seus braços e só afrouxei o meu aperto quando ele me tranquilizou, prometendo que não me deixaria sozinha.

— Ok, calma, ele vai te atender, mas eu também vou te acompanhar, se você se sente mais tranquila.

— Sim, por favor.

— Eu nem me apresentei, me desculpe, Dr. Rodriguez, pediatra.

— Pediatra? – Sorri, olhando-me de cima a baixo, será que ele não percebeu que eu já estava bem grandinha para ser uma de suas pacientes?

— Sim, mas sou habilitado como Clínico geral, pediatria é a especialidade em que eu trabalho no dia a dia, na emergência atendo também como Clínico. Eu vou te transferir para um quarto vago no terceiro andar, você vai tomar um banho para se livrar dessa sujeira toda e daqui a pouco eu vou lá ver como você está, tudo bem?

— Ok, você é quem manda, não é? Você manda e eu obedeço!

## JAVIER

A imagem de Maria ajoelhada a minha frente, seus lábios rosados ao redor de meu pau invadiu a minha mente em um piscar de olhos e eu balancei a cabeça irritado, pensando que tipo de poder sombrio que essa mulher possuía para me tirar completamente o juízo.

Antes que eu me traísse e a mantivesse protegida, acolhida em meu peito, desvencilhei-me de suas mãos e deixei-a na enfermaria.

— Doutor!

Eu me virei na porta, evitando encarar os olhos verdes mais lindos que já vi em toda minha vida.

— Sim?

— Obrigada.

— Não há de que Maria. – E saí do quarto falando baixinho o seu nome, pensando na situação que ambos estavam vivendo agora, o quanto o destino podia ser irônico.

❦

## JAVIER

— Posso entrar? – Bati na porta, mas não obtive qualquer resposta, será que ela tinha desmaiado no banheiro? Era melhor entrar e me certificar se Maria estava bem.

Logo que abri a porta, me deparei com Maria saindo do banho, a toalha minúscula revelando seu corpo perfeito, deixando muito pouco à imaginação. Os meus olhos subiram lentamente, saboreando a visão deliciosa das gotas escorrendo pelas pernas torneadas, a curva sinuosa dos quadris e os seios maduros que eu sabia que aquele maldito pedacinho de pano escondia. Aquela imagem me deixou tão duro que eu tive que disfarçar e colocar a prancheta com o prontuário de minha paciente, sutilmente, na região de minha virilha. Inferno, o que deu em mim para me excitar tão intensamente por uma mulher vulnerável, porra, ela era minha paciente, isso estava tão errado, algo tão descabido, mas não conseguia resistir ao desejo avassalador de lamber aquele fio de água escorrendo pelo corpo de Maria e mergulhar seus lábios no vale entre suas coxas. A ideia de tê-la em meus braços, nua, entregue, estava me deixando completamente louco. Senti minha garganta ressecar e umedeci os lábios, desviando o olhar ao observar que a Ninfa a minha frente estava envergonhada.

— Desculpe, eu bati, mas acho que você não ouviu. Vejo que tomou banho – Eu pigarreei, tentando encontrar em meu cérebro fundido alguma palavra que tivesse sentido. — Vim só ver como você está, mas te encontrei assim tão, tão, nua... – balbuciei a última palavra, apertando os lábios depois, como se fosse possível engoli-las novamente.

— Hã. – Maria respondeu visivelmente confusa.

— Digo, te encontrei assim, disposta... Foi isso que eu quis dizer, inferno, não sei o que está acontecendo comigo, deve ser o cansaço do término de plantão, daqui a pouco um colega virá examiná-la e talvez te dar alta, eu já vou indo.

— Não, por favor, fique! Me dá só um minuto, eu irei vestir o roupão que a enfermeira me deu.

— Eu estou saindo de plantão daqui a pouco, na verdade até já passei do meu horário. – Disse dividido entre olhar para a porta, desesperado para escapar da tentação do cheiro suave de flores que exalava de Maria e a vontade irresistível de continuar bem ali, em seu quarto, tão perto que poderia até tocá-la. Respirei fundo me xingando silenciosamente, caralho, tudo que eu precisava era recobrar a minha sanidade mental e me comportar como o médico ético que sempre fui, mas a forma como ela se virou, indo até o banheiro, ondulando os quadris, me deixou mais duro do que aço, meu pênis pressionando o zíper de meu jeans.

⚜

## JAVIER

### <u>Sábado de carnaval – 07h40min</u>

— Javier, acabei de olhar a TC do crânio da paciente do bloco três e ela não tem nenhuma lesão cerebral que justifique essa amnésia súbita. Pelo que li no prontuário, ela teve uma concussão mediana, mas nada tão intenso, eu a examinei, e os reflexos dela estão normais, há queixa de cefaleia, um pouco de tontura, mas fora isso, não há nada de mais, nós acabamos de admitir no PS um paciente acidentado de moto, traumatismo craniano, é grave, a sua paciente...

— Ela não é minha paciente, eu só acompanhei o caso...

— Que seja, mas eu não posso manter a sua mulher maravilha ocupando uma vaga de leito à toa, quando tenho um paciente que está precisando muito mais. Eu vou acionar o serviço social e eles vão dar um jeito do que fazer com ela, eu penso que durante essa amnésia temporária, o mais prudente seria enviá-la para um abrigo.

— Espera Murilo, calma, me deixa pensar.

— Não tô entendendo, você está muito estranho Javier, está acontecendo algo que eu não saiba?

— Você venceu! Eu vou te contar tudo... Eu não quis falar nada por questões éticas, mas ela não é uma desconhecida, tá ok? Você se lembra de que eu estava te falando essa semana de uma vizinha que faz da minha vida um inferno?

— Sim claro, é essa paciente? Não pode ser? É a Beata do

capiroto?

— Em carne, osso e muita aporrinhação de saco.

— Caramba, você a chamando desse jeito, pensei que era feia pra porra, um filhote de cruz credo, mas a mulher é um avião.

— Pois é, eu também nunca tinha percebido isso. – Respondi com a mente vagando no top de couro apertado que Maria estava vestindo, por que ela usava aquelas roupas largas que mais pareciam sacos de batatas?

— O que você vai fazer então, Javier?

— Eu sei que não seria a atitude adequada, mas ela é minha vizinha, sei onde mora, como eu já estou largando o plantão, eu a deixarei em casa e vou pedir a algum vizinho o telefone do marido dela para avisar o que ocorreu. Mas, por favor, não comente isso com ninguém aqui no trabalho.

— Tá ok, eu vou prescrever uma medicação para a dor de cabeça e dar alta a ela, daqui a pouco você pode levá-la pra casa.

# JAVIER

— Pronto Javier! Acabei de dar alta a sua mulher maravilha, ela está bem, fora uma pequena cefaleia, mas nada pra preocupar, qualquer piora a traga de volta para o hospital, olha eu falando como se você não fosse um médico muito mais experiente que eu. – Murilo disse enquanto tomava a sua terceira xícara de café.

— Tranquilo, você só está sendo profissional, pode deixar que eu vou cuidar dela até conseguir contato com alguém da família.

— Certo, agora veja se consegue se livrar logo dessa vizinha e vai curtir o carnaval, meu amigo! Eu que infelizmente tenho mais essa merda de plantão pela frente.

Após Murilo dar alta a Maria, fui ao boxe três para conversar com ela.

— Maria, o doutor Murilo me informou que te deu alta.

— Você não está usando mais o jaleco? – Maria perguntou, olhando-me de soslaio.

— Sim, terminou o meu plantão, estou indo embora pra casa, você prefere ficar no hospital e ter o apoio do serviço social para conseguir um abrigo temporário, até algum familiar a procurar ou quer que eu te leve pra casa?

— Você, me levar pra casa?

— Sim, eu não quis dizer antes, mas nós frequentamos a mesma academia, eu consigo seu endereço, posso te deixar lá se você quiser.

— Então eu vou com você.

— Sua mãe nunca te contou a história da chapeuzinho vermelho? Andar pela floresta sozinha pode ser perigoso. – Disse sorrindo e minha pele se arrepiou quando ela se aproximou sem tirar os olhos dos meus e levantou o rosto, ficando a apenas alguns centímetros de distância.

— Mas eu não estarei sozinha, você estará comigo, ou eu devo ter medo de você, lobo mau? – Ela respondeu baixo, com um sorriso sapeca no rosto, e eu desviei os olhos dos seus, envergonhado pelo rumo excitante que minha imaginação tomou no exato momento em que a ponta da sua língua umedeceu os seus lábios lentamente.

Fomos interrompidos por um pigarro e vi que era Gertrudes, a enfermeira mais divertida do hospital.

— Doutor, interrompo? – A velha senhora me olhou com o ar debochado.

— Não, claro que não, pois não Gertrudes.

Ela se virou para Maria e lhe deu um abraço.

— Cuide bem dele, Maria! Toma os seus pertences.

Maria pegou um saco plástico das mãos de Gertrudes e agradeceu com o rosto corado.

— Obrigada – Ela deu um sorriso amarelo e depois de dar alguns passos jogou os braceletes de papelão e a máscara no lixo.

— A máscara caía bem em você – Disse para quebrar o clima tenso que se impôs como um imenso paredão a nossa frente.

— Não preciso mais dela.

Sem máscaras, sem falsas verdades, mas e eu? O que vai acontecer quando Maria recobrar a memória e perceber que eu menti sobre como eu a conheço? Certamente se sentirá feita de boba, talvez até isso possa afetar minha vida profissional sempre tão ética...

Entretanto, nesse momento eu não penso nas consequências que minhas atitudes irão acarretar, eu só sou tomado por essa vontade imensa de viver, só queria estar com ela mais alguns minutos, descobrir de fato quem é essa mulher atrás dessa máscara de recato e indiferença. Naquele momento, pensei que as palavras de uma música de Cazuza caíam como luva na minha vida, diziam perfeitamente como estava me sentindo: "Mentiras sinceras me interessam...", por que eu tinha que ser esbofeteado pela verdade, quando esse frenesi, essa possível mentira que estávamos prestes a viver enchia tanto meu coração de alegria?

— Hei Rodriguez, estou falando com você, tá distraído, dou um centavo por seus pensamentos.

— Nem um milhão Maria, nem por um milhão eu te falaria o que estou pensando, a propósito, eu me chamo Javier, Javier Rodriguez.

— E eu Maria, só Maria. Espanhol?

— Não, sou cubano, de Havana.

— Percebi pelo sotaque que não era daqui, só não sabia ao certo que país.

# MARIA

Por isso que sempre que passei em frente ao apartamento dele escutava música caribenha tocando. Uma chuva fininha começou a cair e ele pegou minha mão para correr mais rápido, mas o estacionamento do hospital era muito extenso, então tivemos que diminuir o passo, o toque dos seus longos dedos ao redor dos meus me dando uma sensação gostosa e inesperada de pertencimento, olhei de soslaio e percebi que a mão de Javier era enorme, mas apesar da nossa diferença de altura, pois eu era baixinha e ele certamente tem muito mais de 1.90m, não senti medo do homem atlético ao meu lado, pelo contrário, me senti protegida. Entramos no carro e, assim que me acomodei no banco do carona, nós dois começamos a rir. Do que estávamos rindo? Da vida, da mágica desse momento tolo, porém tão divertido, das nossas mãos que mesmo depois de entrarmos no carro se entrelaçaram novamente? Não sei ao certo, de vez em quando eu observava cada pequena parte do rosto e somente me dei por mim que estávamos distantes do hospital, quando a chuva se tornou mais intensa, ao ponto de dificultar a visibilidade para continuarmos nosso percurso. Não conseguíamos ver nada a um palmo dos nossos narizes, não havia forma de prosseguir dirigindo, Javier diminuiu a velocidade e parou num beco.

— Maria, é perigoso dirigir com um temporal desses, vamos dar um tempo aqui no carro e assim que estiar, seguimos para a sua casa, tudo bem?

Eu assenti com a cabeça, e ele pareceu tão tenso quanto eu, esfregando as grandes mãos no jeans, quando me perguntou:

— Você gosta de ouvir música?

— Não tenho muito costume, ouço mais...

— Louvores? – Javier completou e eu o olhei de cima a baixo.

— Por que disse isso?

— Presumi, pelo fato de dizer que não tinha costume de ouvir, sei lá, chutei.

*Miserável, ele deve ter me ouvido cantarolar diversas vezes os louvores que eu colocava para tocar aos domingos, assim como enchia os meus ouvidos com suas músicas caribenhas, cheias de lascívia, mais*

*parecendo sexo em forma de notas musicais.*

Javier ligou o rádio e conectou pelo Bluetooth uma sequência de músicas de melodias doces, a primeira pergunta que me fez não lembro ao certo, mas à medida que o som nos embalava, a nossa conversa se tornou mais e mais interessante, uma sintonia tão surpreendente, uma conexão que eu nunca em minha vida havia tido com ninguém, os nossos sonhos de infância, os desejos mais bobos e inocentes, tanto que foi falado, até que ele me perguntou:

— Me diz uma coisa que você tem muita vontade, mas nunca fez.

Ele umedeceu os lábios carnudos da cor de chocolate e eu acompanhei segundo a segundo o movimento de sua língua, meu cérebro travando ao ponto de não filtrar a última coisa que eu poderia revelar.

— O seu beijo, me dá tanta vontade de sentir o seu gosto que eu sequer consigo raciocinar.

— Saia do carro Maria.

— Eu, eu, me perdoe, não devia dizer...

— Sai do carro Maria.

*Santo Deus, por que eu falei uma coisa dessas? Ele deve ter namorada, está achando que eu sou uma vagabunda, agora eu terei que ir andando para me abrigar dessa chuva, céus, por que fui confidenciar meu desejo a esse homem?*

Meus olhos se encheram de lágrimas e eu abri a porta do carro, me molhando inteira na chuva torrencial que assolava Salvador.

Ele saiu do carro e, antes que eu me distanciasse mais, suas mãos se enroscaram em minha cintura, meus cabelos, me puxando de encontro ao seu corpo rijo. Eu pude sentir cada músculo do tórax forte de Javier através de sua camisa branca, meus olhos seguiram o trajeto sinuoso de seu corpo, até nossos olhos se encontrarem e não houve tempo de resistir... E como eu poderia? A boca carnuda e exigente de Javier tomou a minha, nossas línguas duelando sem vencedores e, por breves segundos, foi como se o tempo tivesse parado para eternizar esse momento.

A chuva caía torrencialmente, e com cada pequena gota a banhar o meu corpo, eu também sentia minha alma ser lavada, os lábios de Javier foram descendo lentamente por meu colo até encontrar o vale dos meus seios, fazendo com que eu pudesse sentir meus mamilos se enrijecerem a cada lambida em minha pele. Com delicadeza, ele retirou o meu top, sugando meus seios como se fossem a fruta mais suculenta que provara, fechei os olhos, na vã tentativa de não gemer, mas as sensações que provocava em meu corpo eram intensas demais. Ao abrir os olhos, estava deitada sobre o capô do carro, com uma das pernas levantada, ele afastou minha calcinha e eu só pude dizer em um murmuro.

— Não, eu não deveria!

Abaixei meus olhos, e entre minhas coxas, ele me deu um sorriso sacana, e falou baixinho.

— Shhh! Não pense, só sinta *cariño*.

Sua língua brincou com minha intimidade, como a dança de um felino a caçar sua presa, impiedosamente... rodeando, provocando, instigando, até alcançar o ponto exato de meu clitóris, tal qual uma seta certa, sem escapatória, nunca deixando de atingir o alvo. Eu apertei as coxas trêmulas, assustada, com a intensidade do prazer que me abarcou, ele tomou minha boca novamente, roçando o membro desnudado entre minhas pernas, eu olhei seu pênis retinto, as veias saltadas, latejando em minha pele e pensei: Céus, eu não serei capaz de acomodá-lo. Como se pudesse perceber a minha preocupação, Javier sussurrou com a voz rouca em meu ouvido, mordiscando a minha orelha.

— Confie em mim, minha Maria, te *quiero* tanto, você me quer?

— Quero, eu, eu...

— Então diga Maria, *cariño* mio, me quer dentro de você, bem fundo?

— Uhum.

Ele posicionou o membro entre os lábios de meu sexo, roçando lentamente o meu centro latejante, me torturando.

— Eu quero ouvir.

— Sim, sim, Javier.

Ele separou ainda mais minhas coxas e me penetrou, suave, lentamente, seu membro escorregando pelas paredes úmidas do meu sexo, nossos quadris ondulando, nos encaixando à perfeição, como peças gêmeas, anteriormente separadas pelo destino caprichoso. Perdemo-nos entre beijos e gemidos uníssonos, até que o que antes foi suave se tornou frenético, a cada impulso de seus quadris contra os meus, o som decadente de carne se chocando, o membro potente martelando mais e mais forte dentro de mim... Mordi os lábios para não gritar, mas os arrepios a eriçar minha pele, o revolver das ondas avassaladoras de prazer se avolumando em mim, era demais para resistir... Gozamos juntos, deixando escapar dos lábios nossos nomes.

— Javier

— Maria.

E uma lágrima traiçoeira escorreu dos meus olhos, por enfim, eu ter me sentido amada, desejada e possuída como uma fêmea, pela primeira vez.

*Cariño – amor, querida no idioma espanhol.*

---

# JAVIER

A chuva estiou e Maria e eu seguimos pra casa, em um silêncio confortável, os meus olhos, sem que eu percebesse, procuravam os seus, o tempo todo, eu passava a marcha e lá estava a minha mão repousando em suas coxas, se entrelaçando entre seus dedos. Que ímã era esse que tinha essa mulher ao meu lado? Eu sugeri a ela que fossemos para casa e, surpreendentemente, ela me respondeu:

— Eu quero ficar um pouco mais com você... Quer dizer, um pouco mais na rua, ver as pessoas, andar por aí.

— Eu também quero ficar mais um pouco com você, e sim, andar por aí, você quer ir a algum lugar?

— Nada especial, estou por sua conta, onde me levar eu vou.

— Você não devia falar isso *cariño*, está me tentando a voltar para aquela rua e recomeçar de onde paramos.

As bochechas de Maria ficaram vermelhas e o seu jeito tímido, desconcertado, ao mesmo tempo também me desconcertava, quebrando aos poucos os muros que eu ergui ao meu redor, despertando em mim um desejo escuro de fazer coisas sujas com essa mulher meio menina. Caminhamos pela Barra, indo em direção ao farol, rindo sem motivo algum, só a alegre leveza de estarmos lado a lado, Maria se lambuzou com um sorvete na casquinha e parei no meio da rua, os foliões indo e vindo, para limpar o seu queixo e aproveitar para lhe roubar um beijo.

— Aí não é justo, me pegou desprevenida.

— Melhor beijo que tem é roubado, e com gosto de chocolate. – Brinquei lambendo o canto de sua boca suja de sorvete.

Vimos alguns blocos afros tradicionais passarem e, entre passos tímidos, Maria foi envolvida pelas poderosas batidas dos timbales.

Envolvi sua cintura e trouxe seu corpo macio junto ao meu, beijando seus cabelos.

— Que poder é esse o seu Mulher maravilha, você me deixa bobo – Disse baixinho, mordiscando seu pescoço.

— Eu? Poder nenhum, você que é o homem que enfrenta a morte todos os dias, eu, eu sou só...

— Só o quê?

— Só uma mulher, uma tola que não se conhece...

— Não, tola não, mas veja que fantástico, se você não se conhece, e eu também não conheço, podemos te descobrir, aos poucos, juntos...

E as horas passaram sem que tivéssemos nos dado conta, até que o final da tarde nos brindou com um pôr do sol simplesmente lindo.

Sentados na praia, Maria se virou pra mim dizendo, encantada ao observar o espetáculo perfeito que a natureza nos oferecia, os últimos raios de sol beijando o espelho d'água.

— Muito obrigada, Javier.

— Do que Maria?

— Tudo, foi um dia inesquecível.

— Então espere a noite chegar...

— Você fala essas coisas e eu fico com vergonha.

— Apesar de você ficar linda assim vermelhinha, não quero que se envergonhe, não comigo.

Seguimos para casa e, durante o caminho, Maria adormeceu, possivelmente por causa das medicações fortes que tomou somado ao dia agitado que tivemos.

Quando chegamos ao nosso prédio, dei a volta e peguei-a no colo, sendo recepcionado por Seu Miguel, que ficou num impasse ridículo entre olhar Maria no meu colo e abrir a maldita porta.

— Oxe, minha Santa Terezinha, o que houve com Dona Anunciação?

— Abra a porra da porta, depois o senhor fuxica, ok?

— Já tô abrindo Seu Javier, valha-me Deus, gente estressada. *Agora que isso tá estranho, isso tá, se Seu Paulo soubesse que a mulher chegou desacordada no colo desse aí, eu queria era ver, a jurupoca piar bonito.* – Cochichou o síndico de merda, aprendiz de Dona Candinha.

Fingi que não ouvi e entrei no elevador, apontando com o queixo o painel para que Seu Miguel apertasse.

— Segundo ou terceiro andar? – Ele perguntou levantando uma sobrancelha, certamente querendo sondar se levaria Maria para o apartamento dela ou o meu. Dei um sorriso de canto de boca e satisfiz a curiosidade do cornudo fofoqueiro, respondi o que o maldito estava se coçando para saber.

— Terceiro.

— Vixe, agora danou-se tudo. – Ainda pude ouvi-lo falar baixinho antes da porta do elevador se fechar.

## MARIA

Virei para o lado e senti algo macio em meu rosto, lábios suaves roçando nos meus, trazendo uma sensação gostosa de aconchego, eu abri os olhos e me deparei com Javier me olhando.

— Céus, onde eu estou? – Perguntei olhando a minha volta, ainda perdida com o ambiente ao meu redor.

— Você está em minha cama, dormia tão tranquila que não tive coragem de te acordar.

— Desculpe, peguei no sono, que horas são?

— Hora de tomar um banho bem gostoso, relaxe Maria, descanse, a noite de ontem foi cansativa para você, eu vou preparar algo para nós comermos.

— Não precisa, eu estou...

— Com fome! – Javier sorriu, pois, meu estômago roncou no exato momento que ia lhe dizer que não precisava se preocupar — E eu também estou! Você come frutos do mar?

Assenti com a cabeça e ele se levantou devagar, indo para a cozinha, descalço, com o jeans surrado e sexy como o inferno, descendo em seus quadris.

— A banheira está cheia e a toalha no banheiro, quando tiver terminado o banho iremos jantar.

— Uhum.

Sujeito mandão! Faça isso, faça aquilo... Até pensei em retrucar, mas assim que entrei no banheiro e fechei a porta, vi a banheira convidativa e alguns sais, como poderia resistir? Eu poderia apostar que a água estava deliciosa, morna, muito diferente daquela tragédia de chuveiro do meu apê, uma miséria de um fiozinho de água que só quer aquecer a hora que bem entende. Despi-me, cheirei os sais, cada um mais cheiroso que o outro, e por fim decidi espalhar na água o de aroma de tangerina. Deitei na banheira e deixei escapar um suspiro, as minhas suspeitas estavam certíssimas, aquele era sem sombra de dúvidas o banho mais gostoso que eu já tinha tomado.

Enxuguei o excesso de água dos cabelos, vestida com um roupão de Javier que cabia duas de mim, me encarei no espelho e, por mais que eu quisesse simplesmente apertar o botão Off, uma pergunta martelava em minha cabeça: o que eu ainda estou fazendo no apartamento de Javier? Comportando-me como se não fosse mais casada com aquele traste, como se não tivesse que tomar decisões depois de tudo que vi naquela igreja. E onde encontrarei coragem para falar a verdade e admitir a Javier que nunca esqueci nada, quem eu sou, as verdades corroídas de minha vida de merda... E como esquecer? Os gemidos do infeliz que jurou me amar pra sempre, meu arfar em ser tomada de uma forma tão intensa e perfeita por Javier no capô daquele carro... Esquecer? Impossível. Mas será que eu não mereço nem que seja por breves momentos ser feliz? Alimentada, cuidada e, mais importante, desejada, por esse deus ébano?

Depois de mergulhar num turbilhão de perguntas sem respostas, saí do banheiro e encontrei Javier na sala de estar, terminando de colocar na mesa uma travessa fumegando de fettuccine ao molho de frutos do mar.

— Sente-se aqui, eu vou te servir, toma um vinho comigo?

— Só uma taça, eu não tenho costume de beber.

— Mais uma lembrança, está vendo? Daqui a pouco você vai se lembrar de tudo sobre você.

Engoli em seco, pensando que há coisas que deveriam ser completamente apagadas de nossa memória, mas há certas lembranças que te atormentam tanto, que são perversas demais pra esquecer.

Javier foi a uma pequena adega no canto da sala e retornou com um vinho branco, abrindo-o e me servindo em seguida.

— Não sou nenhum expert, mas gosto de tomar um bom vinho sempre que posso.

— Eu também não entendo nada de vinho, mas posso lhe dizer que escolheu muito bem, está delicioso. – Disse provando o primeiro gole.

— Hum – Depois da última garfada, dei um suspiro longo e fiquei envergonhada por ele perceber que eu comi tudo, só faltei raspar o prato.

Fomos para a sala com nossas taças nas mãos e nos sentamos no sofá para tomar o restante do vinho... Refrescante, leve, o sabor, que se mantinha em minha boca, e o bate papo gostoso que tivemos até o avançar da noite. Javier levantou e estendeu a mão para mim, me convidando.

— Vamos dormir? Já está tarde, você precisa ainda de repouso e eu prometi a Murilo que cuidaria da paciente dele direitinho.

— Dormir? Eu não quero te incomodar, não é melhor eu ir?

— Claro que não Maria, não incomoda de jeito nenhum, ainda mais uma hora dessas, se você tiver pensando, sei lá, que eu vou insistir algo que não queira, por favor, não pense isso, iremos somente dormir, se for a sua vontade.

— Eu confio em você. – Disse acariciando a bochecha dele.

Javier passou a mão pelo rosto, com o olhar angustiado e começou a andar de um lado para o outro, mordendo os lábios.

— O que houve Javier? Já sei, me desculpe, você está envergonhado de me pedir para deixá-lo sozinho, afinal essa é sua casa e eu me instalo aqui dessa forma, eu vou indo, depois nos falamos...

— Não é nada disso, é que eu...

— Eu o quê?

— Eu não posso agir dessa forma com você, não é certo, eu vou te falar uma coisa e só te peço que me escute, depois se você nunca mais quiser olhar na minha cara eu vou entender.

— Assim você está me assustando Javier.

— Nós dois nos conhecemos, Maria, pronto, falei! Você com certeza vai pensar que eu me aproveitei da sua amnésia temporária, mas não foi isso que aconteceu, apesar de você nunca ter simpatizado comigo, sempre tive uns sentimentos contraditórios por você, ao mesmo tempo em que me irritava, *carajo*, algo em você me atraía de uma forma que eu não consigo entender, tudo que eu queria era uma maldita chance de te conhecer de perto e agora eu estraguei tudo! Você chegou lá na Emergência do hospital desmaiada, por causa de uma pancada na cabeça que sofreu, e eu só vi que nos conhecíamos depois que tiramos sua máscara. Você mora aqui, neste prédio, no segundo andar, logo abaixo do meu apartamento.

— Eu, eu...

— Eu sei, isso tudo foi demais pra você, eu ter omitido que somos vizinhos, nem pode olhar mais na minha cara, não é? Eu só te peço que me espere aqui, vou descer rapidinho e ver com o síndico o telefone de um familiar seu, eu vou entrar em contato com o seu marido...

— Eu sei Javier... – gritei transtornada com a ideia de Javier ligar para meu marido e ele estancou assustado, me encarando.

— Você sabe o que Maria?

— Eu sei de tudo isso... Não perdi a memória! Inferno! Quando eu acordei naquele hospital, sendo atendida por você, eu morri de vergonha por você me ver naquele estado, bêbada como um gambá, usando aquela roupa vulgar, justamente eu que sempre fui tão...

— Recatada, religiosa... – Javier completou, sentando no sofá, me olhando como se não pudesse acreditar que eu menti o tempo todo para ele.

— E burra... Eu nunca perdi a memória, mas tudo que eu mais queria era que isso tivesse acontecido.

— Não fale assim, Maria, eu jamais te censuraria por qualquer coisa.

— Mas eu me censuro, ou pelo menos me censurava, já não sei de mais nada na minha vida, a única coisa que eu sei é que eu não quero que fale com ninguém sobre isso.

— Maria, sua família, seu marido, irão achar que você está

desaparecida.

— Javier, por favor, não! Eu perdi minha bolsa em algum lugar, só preciso fazer chaves novas e logo depois disso, eu vou para minha casa.

— Eu resolvo isso amanhã, pode deixar, mas só te peço que hoje durma aqui.

— Ok.

Ele se distanciou para ir ao quarto e, antes que sumisse de meus olhos, falei baixinho, envergonhada por toda essa confusão que causei.

— Javier, obrigada.

— Não por isso, Maria, obrigada você por ter me ouvido sem sair correndo daqui ou voado em meu pescoço.

*Só se fosse para descer os lábios bem devagar e mordiscar essa pele macia, cheirosa, homem gostoso...*

Javier voltou do quarto segurando um travesseiro e um lençol.

— Eu vou te deixar à vontade, deite na cama, eu vou dormir aqui.

Assenti indo direto para o quarto com os olhos cheios d'água... Agora que a verdade sobre tudo isso tinha sido revelada, ele se afastaria como já estava fazendo naquele momento.

Fiz o que ele pediu e fui para o quarto, tirando o roupão logo em seguida, não conseguiria dormir com tanta roupa, peguei uma camiseta dele que encontrei em cima da cadeira e vesti.

Não sei quantas horas se passaram, mas eu não conseguia dormir, rolava na cama de um lado para o outro pensando em tudo que tínhamos vivido naquele dia. Chutei a colcha e marchei para a sala, irritada e humilhada por pedir.

— Javier, deita comigo.

Ele estava acordado, deitado no sofá, usando nada além de uma boxer branca.

— Tem certeza?

— Sim, eu não tô conseguindo dormir.

— Eu também não, prometo que eu não vou tentar nada...

— Shh, venha logo, vamos dormir.

Javier apagou a luz do abajur e se deitou junto a mim, quieto, eu me virei de lado, e antes que eu pudesse negar, dizer que aquilo tudo que estava acontecendo entre nós era loucura, ele me puxou pela cintura, trazendo meu corpo devagar, encaixando os quadris em minhas nádegas, os pés enormes procurando os meus.

E no silêncio acolhedor da madrugada, já adormecida, pude sentir sua mão envolver meu seio, como se reconhecesse que a partir daquele momento, eu estava me tornando inevitavelmente sua...

## JAVIER

### Domingo de carnaval - 08h20min

O cheiro que invadiu meu sistema era tão gostoso que não havia forma de não acordar, me espreguicei e tateei a cama fria, porra, Maria não estava mais. Levantei num salto e fui até a cozinha, furioso por ela ter se esgueirado da cama, e quando cheguei, não consegui disfarçar, sorri com os olhos, ao lado do fogão, lá estava ela, segurando uma xícara fumegante.

— Bom dia, Javier.

— Bom dia, *cariño.*

Ela encheu uma xícara e eu estendi a mão, mas em vez de pegar o café, envolvi sua cintura e lhe dei um beijo suave, roçando lentamente os lábios nos seus. Ela me deu um sorriso envergonhado e escondeu o rosto em meu peito, mordiscando o lábio em seguida. Eu poderia comê-la, sorvê-la, em grandes bocados, e por mais que eu me empanturrasse da doçura requintada de seus lábios, sua pele cheirando a tangerina e seu sorriso meigo, eu sinto que jamais estaria saciado, o que é tudo isso, Dios mio?

— Se sente!

— O que você fez aí?

— Nada de mais, ovos mexidos, queijo quente e frutas para o café, ontem você fez um jantar tão gostoso, só retribui.

Sentei-me à mesa e ela me serviu um pouco de cada coisa, se servindo logo em seguida. Misturou um pouco de cereais com as frutas picadas e comeu em silêncio.

Eu observei sua refeição espartana e perguntei, com o ar curioso.

— Por que não comeu o queijo quente? Vai comer só essas frutas e mais nada?

— Preciso emagrecer uns cinco quilos, no mínimo.

— E quem disse isso? – Puxei-a da cadeira para o meu colo e coloquei seus cabelos de lado, mordiscando seu pescoço e a curvatura do seu ombro nu. Desci a mão e apertei sua coxa.

— Isso me agrada e isso também... – Subi a mão por debaixo da camiseta, roçando lentamente os dedos por sua cintura, até chegar próximo dos seus seios — Pare de bobagem e coma direito, antes que eu me aborreça, nós temos muita coisa para resolver hoje e eu ainda quero te levar em um lugar.

— Onde?

— Curiosa, mas não vou dizer, quando chegar lá você saberá.

— Javier. - Ela disse meu nome com o ar preocupado.

— Hum?

— Eu perdi meu celular, acabou que eu me envolvi em uma confusão lá em Ondina, e uma amiga minha foi detida pela polícia, queria muito falar com ela para saber se está bem, já imaginou se a coitadinha está presa até agora, por que tentou me defender?

— Sim, eu entendo, com certeza.

Levantei-me e fui até o quarto, voltando pra sala com o celular.

— Toma, liga pra ela.

— Não vou demorar, é rapidinho.

— Demore o tempo que precisar, eu vou tomar banho e resolver o problema do chaveiro, já volto, não saia daqui.

— Ok, obrigada.

— Não por isso, *cariño*.

Após o banho, fui procurar Seu Miguel, certamente ele tinha contato de algum chaveiro. Encontrei-o na portaria, ele me cumprimentou e ficou olhando atrás de mim, pra ver se via mais alguém.

— Coitadinha de Dona Anunciação, chegar desmaiada daquele jeito, e o que houve com ela? Não a vi desde ontem.

— Nada de mais, ela está muito bem, obrigado, eu preciso de um chaveiro com urgência, o senhor tem algum contato?

— Não consegue entrar em seu apartamento?

Levantei a sobrancelha com o cenho fechado e o maldito síndico, porteiro e mexeriqueiro nas horas vagas, entendeu o recado: já estava ficando puto com suas curiosidades tolas, logo de manhã, será que ele não deixava a vida alheia em paz nem um dia sequer?

— Uhum. – Seu Miguel deu um pigarro meio sem graça e procurou em um caderno na recepção, anotando logo um número de telefone para mim.

— Está aqui, se o senhor quiser posso ligar pra ele, precisa de chaveiro para o seu apartamento ou para o de outra pessoa?

Deixei-o esperando a resposta e, antes de entrar no elevador, pude ouvi-lo.

— Que mau humor, logo de manhã.

Quando entrei na sala, Maria terminava de falar com sua amiga.

— Eu estou bem amiga, não precisa se preocupar, não, eu estou no apartamento dele, hoje eu volto para casa.

Por mais que eu soubesse que ela inevitavelmente voltaria para casa, ouvir essas palavras foi como receber um balde de água fria, bem no meio da cara.

Fui para o quarto para deixá-la à vontade e logo depois ela veio até mim, para me devolver o celular. Maria se sentou na cama ao meu lado e eu não pensei, disse o que vinha a minha cabeça num rompante só.

— Fica mais um pouco, eu chamei o chaveiro, mas quero que fique, quero te levar em um lugar.

— É que eu preciso de roupas limpas, não posso ficar até a eternidade usando sua camiseta.

— Pois deveria usar, fica melhor em você do que em mim.

— Javier!

— Ok, você venceu, eu vou com você até o seu apartamento.

— Não, eu preciso fazer isso sozinha, Javier.

— Maria!

— Não.

Duelamos por alguns segundos em silêncio, nos encarando, até que ela disse:

— Eu já volto.

— Vinte minutos.

— Você é sempre assim, é?

— Assim como?

— Ditador.

— Eu, ditador? De jeito nenhum, só estou sendo razoável! Vinte minutos é tempo suficiente de arrumar uma bolsa, certo?

— Sim senhor, eu posso ir agora?

— Pode, mas se eu fosse o seu senhor, você não sairia daqui sem umas palmadas nessa bunda abusada, *cariño*.

Vinte e cinco minutos se passaram, olhei para o relógio e peguei minha mochila, fechando a porta do meu apartamento. Desci até o segundo andar e, antes que eu batesse na porta do apartamento de Maria, ela abriu a porta, vestindo um short branco e blusa de alças finas preta.

— Pronta?

— Com tão pouco tempo, fiz o que pude. – Ela disse ajeitando os cabelos com os dedos.

Fomos até o aeroporto e embarcamos em uma pequena aeronave da Addey, um táxi aéreo que encurtava bastante nossa viagem, vá que Maria tivesse enjoo em barcos? Menos de meia hora, chegamos a Morro de São Paulo.

O chalé rústico ficava em frente a uma praia bem calma, quase deserta. Assim que chegamos, Maria abriu todas as janelas, deixando a brisa do mar entrar na casa e foi até a varanda, observando o ir e vir das ondas.

— Esse lugar é lindo, Javier.

— Foi o que pude improvisar, nessa época do ano, os hotéis e pousadas daqui estão sempre lotados.

— Não poderia ser melhor, tão calmo.

— Quer dar um mergulho?

— Eu não sei nadar.

— A gente fica na beira, é só você me abraçar, eu te seguro.

Perdemo-nos no tempo, caminhando de mãos dadas pela extensão da faixa de areia, entre risos, brincadeiras tolas na beira d'água, e fazendo amor... Sem pressa, nossos corpos unidos no ir e vir do prazer, no vai e vem das marés. Almoçamos no vilarejo em um restaurante que a especialidade era lagosta assada na telha, e à noite nós fomos a uma barraca de praia para um luau à beira mar.

Um cantor tocou algumas canções, entre elas: "mimar você".

— Obrigada por cuidar de mim. – Maria disse em um tom sério, pensativo.

Talvez não fosse o momento adequado para dizer o que eu sentia naquele momento, mas porra, e se amanhã ela resolvesse ir embora, voltar para a sua vida, para aquele idiota que ela chamava de marido?

— Maria, eu não quero que isso entre nós se reduza a um momento, uma paixonite de carnaval, que a gente esquece na quarta-feira de cinzas.

O músico continuava cantando e Maria ficou em silêncio.

*"... Andar de mãos dadas na beira da praia*

*Por esse momento, eu sempre esperei."*

Os olhos de Maria se encheram de lágrimas e eu perguntei, angustiado.

— Você quer continuar casada?

Maria abaixou a cabeça ficando em silêncio.

Pedi a conta e voltamos calados... As emoções se revolvendo dentro de mim, assim que nós chegamos ao chalé, eu explodi sentado na beira da cama.

— Tá, tudo está errado, eu já estou me envolvendo e certamente pra você o que vivemos não passou de uma trepada gostosa e divertida de carnaval que depois de amanhã você vai fingir que nunca existiu. Eu não vou passar de um segredinho sujo de folia, assim que você voltar pro seu casamento perfeito.

— Isso não é verdade.

— Claro que é.

— Não, não é, você não entenderia.

— Entendi sim, seu silêncio já respondeu tudo, se o que estou falando está errado, o que é verdade, Maria?

— A verdade está numa maldita sala de um templo, e meu marido trepando como um cachorro no cio. Era isso que você queria saber? Pronto, agora você já sabe, o miserável que prometeu me amar pra sempre, me traía desde sempre, e eu provavelmente era a única imbecil naquela igreja que não sabia de nada. Você tem ideia de como isso me destruiu, acabou com minha autoestima, tudo que eu mais quero é não ter que voltar para aquela vida de mentiras.

## MARIA

Javier me encarou com o cenho fechado, pensativo, e me arrependi naquele exato momento por ter lhe contado o caos que minha vida emocional havia se tornado.

— Eu sei, eu sou uma bagunça, tudo que você acabou de ouvir é patético demais pra suportar. É melhor nós voltarmos, ainda dá tempo de pegar o último ferry boat.

— O que você está falando, Maria? Não quero nunca mais ouvi-la falar sobre você dessa forma, esse sujeito é um imbecil por não valorizar a mulher incrível que ele tem, melhor, ele tinha, porque não merece ter você como esposa, eu vou apoiá-la, ajudá-la no que for preciso, para que você se separe e se livre desse *hijo de puta* o mais rápido possível.

Javier veio de encontro a mim, seu peito largo me acolhendo de uma forma que jamais sentira, entretanto, por mais que eu simplesmente estivesse encantada com o seu jeito dedicado, atencioso, essa era uma batalha que eu precisava lutar e enfrentar sozinha.

— Muito obrigada Javier, mas dessa vez eu vou fazer isso sozinha, durante toda minha vida, sempre desacreditei da minha própria força interior, eu preciso enfrentar os meus demônios, o término do meu casamento, sem apoios, muletas.

— Ok, será do jeito que você preferir, mas eu não vou aceitar que esse sujeito te maltrate, eu vou estar do seu lado, o que precisar pode contar comigo.

⚝

**MARIA**

**<u>Quarta-feira de cinzas  11h20min</u>**

Três dias se passaram, três dias inteiros de risos fartos, prazer abundante e segundos eternizados, preciosos, impossíveis de esquecer algum dia. Desde que chegamos de Morro de São Paulo, *mi pasión* e eu não nos separamos mais.

## Trecho narrado por Paulo Soares

Pedi para Daniel me deixar em duas ruas antes do meu prédio e, antes de descer do carro, não resisti! Dei-lhe um beijinho rápido de despedida, afinal, quando teremos um feriado prolongado inteirinho só para nós dois, para nos amarmos sem pressa, sem ter que nos esgueirar em motéis baratos ou becos escuros? Segui andando até o Princesa do Aiocá, prédio em que morava com Maria há anos, depois que deixei minha amada Teresina e vim morar em Salvador. Abri a porta e logo dei de cara com Rutinha, a esposa infiel do prédio, nós tivemos um breve affair alguns anos atrás e, depois disso, a quenga rancorosa, sempre que podia jogava uma piada para mim sobre o meu desempenho sexual. Ela se virou e cochichou algo com Seu Miguel, o síndico e porteiro, saindo logo em seguida, balbuciando coisas sem sentido.

— Depois eu que sou a safada do "princesa"... – disse ela me olhando de cima a baixo, me deixando sozinho com Seu Miguel.

Cumprimentei-o e apertei o botão do elevador, ouvindo antes de fechar as portas Seu Miguel gritar.

— Seu Paulo, quando o senhor vai acertar a dívida do condomínio?

Peguei minha chave no bolso do jeans e a porta não abriu, inferno, essa bosta deve estar emperrada, tentei uma, duas vezes e quando olhei com mais cuidado, observei que a fechadura havia sido mudada, por que Maria mudou essa merda sem me falar nada antes? Porra de mulher idiota, égua de duas pernas, ela sempre faz essas coisas irritantes. Desci para a recepção e indaguei Seu Miguel.

— A fechadura do apartamento foi trocada, você sabe o que aconteceu?

— Eu não deveria me meter nesse assunto, afinal em briga de marido e mulher ninguém mete a colher, mas como o senhor tá insistindo em querer saber, foi a Dona Anunciação que pediu para trocar a fechadura, em um desses dias do carnaval, ela chegou desacordada nos braços do cubano e agora só vive no apartamento dele, ele mora no terceiro andar.

Maria vai ter que me explicar direitinho que palhaçada era essa. Bati na porta do maldito cubano uma vez, duas e na terceira sou tomado pela surpresa de ver minha esposa abrir a porta usando nada além de uma camisa que cabiam duas dela, com a bandeira de cuba estampada. Ela deu de cara comigo e a cor sumiu de sua face, a expressão em seu rosto se transformou subitamente de surpresa em cólera, do que essa infeliz está com raiva, se ela que está se comportando como uma vagabunda.

— Que porra é essa aqui Maria? Eu acabei de chegar em casa e a fechadura tinha sido mudada, fui perguntar para Seu Miguel sobre você e ele me falou que agora se aboletou no apartamento desse canalha, você pode me explicar o que está acontecendo?

— Tem certeza que você quer mesmo saber, Paulo?

— *Cariño,* quem está batendo na porta?

O negão brutamonte surge do banheiro usando uma toalha enrolada na cintura e o que poderia ser um equívoco se revela como verdade, Maria está me traindo com esse pedaço de bosta. Ele faz menção de que vai avançar em mim e Maria faz sinal com a mão para que pare, dizendo em seguida.

— Me deixe sozinha com ele, Javier.

— Nem fodendo, se for falar com esse sujeito, eu vou estar bem aqui, sentado no *nosso* sofá – Ele provocou evidenciando o "nosso" — E ai dele se tocar um dedo sequer em você.

— Assim fica fácil não é? Bastou eu virar as costas para trabalhar e você sai trepando com o primeiro gorila que encontra pela frente.

— Eu não admito que se refira a Javier dessa forma, você me surpreende a cada dia, gay enrustido eu já sabia que era, mas racista, essa pra mim é novidade.

— Do que você está falando, além de infiel é louca?

— Vamos parar logo com a palhaçada, não precisa mais negar, eu vi, Paulo, você trepando como uma cadela no cio, usando só uma cinta-liga, meia arrastão e salto alto. Na igreja, a igreja onde nos casamos, com Daniel, nosso melhor amigo, o nosso pastor. Como vocês puderam ser tão indignos, tão cruéis? Se vocês queriam viver uma aventura, por que não pedir o divórcio e admitir a verdade? Por que enganar a mim e a Dolores dessa forma? Nós não merecíamos uma facada nas costas como essa.

— Quer saber, eu estou cansado de suas lamúrias, suas cobranças, eu sou livre, sou homem, tenho direito de transar com quem eu quiser, inclusive com outro homem se me der vontade! Eu te carreguei nas costas, Maria, eu fiz você! Quando eu te conheci você não passava de uma capiau semi-analfabeta, e agora que fez um cursinho de manicure, que eu comecei a pagar a sua maldita faculdade de estética, você se acha gente? Sempre recatada, isso pode, aquilo não pode, fria como um gelo, entre transar com você e um defunto, acho que o cadáver é mais quente.

O troglodita levantou do sofá e partiu pra cima de mim como um touro desgovernado. Eu consegui me desvencilhar do soco, mas não da mira certeira de Maria, que atingiu o meio da minha testa com um sapato e uma... baguete. Que tipo de anticristo é capaz de jogar um pão em alguém?

— O pão é sagrado, sua enviada de satanás.

Mal terminei de falar e não tive como desviar, ela me atingiu com um cuspe, na cara, a oportunidade perfeita para o seu amante me dar um soco. Maria entrou entre nós dois e afastou Javier, pedindo que me deixasse ir embora, porque já tinham perdido tempo demais comigo.

— Olha aqui seu filho da puta, você nunca mais terá contato com ela, só pra assinar o divórcio, estamos entendidos? Se você não quiser que eu foda com a sua vida e acabe com você é melhor desaparecer de nossas vidas, e a propósito, você que não é homem para ela, eu vou cuidar dela, amá-la e lhe dar uma vida de prazer como você nunca foi capaz de fazer.

⚜

## Javier

### <u>Setembro de 2019</u>

Alguém bate a porta e Maria vai atender, voltando pálida em seguida.

— Quem era? O que aconteceu para você estar assim, pálida?

Ela estende um envelope e diz em um tom tenso.

— Vladimir, o novo porteiro, veio me entregar esse envelope, parece uma carta anônima.

— Você quer que eu abra?

— Nãoooo, o que tiver escrito aqui, eu quero ser a primeira a ler, tem algo que você queira me contar, Javier, algo que está me escondendo?

— Claro que não, tá doida?

Sei que não estou sendo 100% sincero, afinal, estou escondendo um pequeno segredinho, mas poxa, completamente inofensivo, no momento certo eu tomarei coragem e iremos conversar.

Maria se senta no sofá com o ar pesaroso e lê em voz alta a correspondência que recebeu.

*"Espero que neste momento, que está recebendo minha segunda carta, você possa se encontrar bem, na paz de Deus. Queria te contar que descobri esse pequeno segredinho dos dois há cerca de um ano, eu sei o que você está pensando agora, é de fato muito tempo guardando uma dor, uma decepção tão forte, mas, infelizmente, a vida nem sempre é feita*

de momentos felizes, e esse foi um desses! Preferi enfrentar a descoberta sozinha e não contar para ele que sabia de suas aventuras sexuais, mas, ao mesmo tempo em que me calei, um sentimento de inconformação crescia cada dia mais dentro de mim, essa mentira não podia continuar mais, por isso preferi te contar através de uma carta anônima o que estava acontecendo bem debaixo de nossos olhos. Eu apostei que você viraria a mesa, viraria esse jogo, e fico feliz que minha intuição tenha sido certa. É Maria, a vida é feita de escolhas e eu escolhi continuar casada, neste momento a aventura secreta da vez é Paulo, mas já tiveram outros, e todos esses homens na vida de Daniel irão passar e eu ficarei, eu sou a esposa, a companheira dele de todas as horas, nos erros, na dor, na saúde, na doença, e quem sabe um dia eu possa herdar o rebanho, a congregação que lutei tanto para fazer crescer, prosperar? Pessoas morrem, não há nada mais certo na vida do que a morte, um dia ela vai chegar! Acidentes sempre podem acontecer, como prever? Uma medicação pingada na comida, são tantas variantes que só me faz ter certeza de uma coisa: a vida é repleta de surpresas, por isso eu desejo que as surpresas em sua vida, Maria, sejam as mais felizes possíveis, pois você merece ser feliz"

Abraço, Dolores.

# JAVIER

Uma semana depois, Maria assinou o divórcio, então fomos comemorar esse momento com um jantar em um restaurante especializado em comida espanhola. Antes de irmos embora, ao chegar ao estacionamento do restaurante, encontramos Murilo ao lado de uma morena, os dois estavam meio de pilequinho e meu amigo me abraçou forte, cumprimentando Maria em seguida.

— Olha o casal de pombinhos, como vocês estão?

— Tudo ótimo Murilo, e você? – Respondi abraçando *mio cariño*.

— Não poderia estar melhor, ao lado de uma morena de parar o trânsito como essa. Esses são meus amigos, Javier e Maria, esta é...

— Rafaela, já esqueceu meu nome, gato?

— Claro que não, só estava de sacanagem com você.

Murilo piscou para mim e eu sorri sem jeito, porra, Murilo não tinha jeito, a rotatividade em sua cama era de uma velocidade supersônica. Mas eu não era muito diferente dele, vivia de encontros casuais, fodas sem sentido, até conhecer certa mulher maravilha que me fez o cara mais sortudo desse mundo.

— E pra quando é esse casório? – Murilo perguntou dando um tapinha em minhas costas.

— Calma, Murilo, Javier e eu não temos pressa! Pra que atropelar o tempo, se estamos bem assim?

O sorriso se desvaneceu em meu rosto, não disse nada, seguimos até em casa em silêncio.

— Tá tudo bem, Javier?

— Sim, só estou um pouco indisposto, pode ter sido a comida, vou tomar um banho.

Saí do banho e encontrei Maria sentada na cama, segurando uma caixinha e um envelope.

— Quando você pretendia me mostrar? – Ela disse com a voz embargada, os olhos vidrados na aliança de ouro repousada no veludo preto.

— Hoje, mas você falou tudo aquilo sobre atropelar o tempo, então eu resolvi esperar, adiar. Eu pretendia levá-la para Cuba no próximo mês – Disse apontando o envelope com as passagens para Havana em suas mãos. — Depois de anos que eu deixei minha terra, jurei nunca mais voltar àquele lugar, amo minha cidade, mas também carrego tantas lembranças tristes, a morte de minha *abuela*, ela que me criou, era como uma mãe para mim, ela morreu no desabamento de nossa casa quando eu tinha nove anos, nessa época eu queria ser atleta, velocista. Nunca sofri dor maior, não pude fazer nada, não pude socorrê-la, pois fiquei soterrado nos escombros, meu pé esquerdo foi esmagado, tive fraturas em vários ossos, depois disso tive que desistir das corridas, o atletismo era o sonho da minha vida, mas tive que recomeçar.

— Por que nunca me contou?

— As lembranças da morte de minha avó, a frustração por ter que esquecer o sonho do atletismo, doía demais, ainda doe, por isso que eu quis que fosse comigo para Havana, acho que não poderia fazer isso sem você.

— *Mi pasión*, não é que eu não queira, eu só tenho medo, você me faz tão feliz que essa felicidade por vezes me assusta, e se tudo acabar de uma hora para outra, como um passe de mágica, consegue me entender?

— Eu te entendo, somos humanos, então é normal de vez em quando ter dúvidas, inseguranças, mas o que sentimos um pelo outro é verdadeiro Maria, eu nunca amei ninguém na vida como eu amo você, disso eu não tenho dúvida nem um momento sequer.

Maria se levantou da cama e me entregou a caixinha com a aliança, dizendo com a voz embargada, os olhos cheios de lágrimas.

— Mas você também nem se arriscou a pedir direito, por que não tenta meu amor?

Tentar, acreditar, às vezes a vida nos exige coragem, um pouco de loucura, confiar em si, confiar no outro, um exercício delicado e ao mesmo tempo perigoso, no entanto necessário. A vida volta e meia nos obriga a nos lançarmos, como num trapézio de circo... Restando somente para nós, fecharmos os olhos e nos jogarmos sem medo, nos agarrando na esperança que a rede abaixo de nós irá nos amparar.

Então o que fazer senão arriscar no amor, na felicidade, na possibilidade que a reciprocidade de um sentimento puro de fato é real?

Eu me ajoelhei e perguntei, em voz alta:

— Maria, você quer se casar comigo?

Ela sorriu enxugando as lágrimas que escorriam do canto dos olhos e disse, também em voz alta, se ajoelhando a minha frente em seguida.

— Eu aceito, Javier.

Trouxe o seu corpo trêmulo junto ao meu e lhe dei o beijo mais doce que minha boca sentira algum dia. Eu a peguei no colo e depositei seu corpo quente, macio e viciante em nossa cama, fazendo dela mais uma vez minha mulher...

Eu nunca acreditei em destino, ciganas ou cartomantes, mas me alegro em lhes contar a nossa história e admitir que a felicidade me sorriu naquele dia que a cigana leu o meu destino e anunciou que a minha Maria cruzaria o meu caminho, fazendo de mim o homem mais feliz desse mundo.

"... Saio por aí e dá vontade de gritar seu nome no infinito

Mas não conto para ninguém

Ela pode sentir o meu melhor e isso basta no meu repertório de felicidades

Como as pérolas que a envolvem

Quero voltar aos sedosos braços dela

E dizer "te amo" como a primeira vez".

(Trecho de repertório de felicidades, poeta Carlinhos Brown).

***Este conto é dedicado a todas nós, "Marias",***

***na doce e árdua arte de viver, de ser mulher...***

Fim!